IN YOUR WORLD
IN MY HEART

我的心里住着一个孩子

这不是一本
教孩子如何“成功”的书，
这是一本教孩子如何“成长”的书

成长，比成功更重要

写给女儿们的50封信

吕瑜洁 著

WUHAN UNIVERSITY PRESS
武汉大学出版社

图书在版编目(CIP)数据

我的心里住着一个孩子:写给女儿们的50封信/吕瑜洁著.—武汉:武汉大学出版社,2017.1(2021.3重印)
ISBN 978-7-307-18891-4

Ⅰ.我… Ⅱ.吕… Ⅲ.书信集—中国—当代 Ⅳ.I267.5

中国版本图书馆CIP数据核字(2016)第286844号

责任编辑:郭 静 严 红　　责任校对:汪欣怡　　版式设计:韩闻锦

出版发行:**武汉大学出版社**　(430072 武昌 珞珈山)
(电子邮箱:cbs22@whu.edu.cn 网址:www.wdp.com.cn)
印刷:武汉中科兴业印务有限公司
开本:880×1230 1/32 印张:7.75 字数:151千字 插页:1
版次:2017年1月第1版　　2021年3月第12次印刷
ISBN 978-7-307-18891-4　　定价:35.00元

目　录

自序：成长，比成功更重要　　/ 1

一、学海无涯

唯书和时光不可辜负　　/ 7
你思，故你在　　/ 13
不是为了被世界看到　　/ 18
告诉自己，没什么大不了　　/ 21
和考试和解　　/ 24
挫折，来得越早越好　　/ 28
笨功夫，并不笨　　/ 32
笑纳你的困顿期　　/ 36
有些弯路，需要你自己去走　　/ 39
总有一件事情让你痴迷　　/ 43
把喜欢沉淀为信念　　/ 47
你想要的，时间都会给你　　/ 53
你有多努力，就有多自由　　/ 58

庄严感，凝聚向上的力量 / 64
有些道理，需要我们去悟 / 69

二、生活无限

清贫的日子一样有滋有味 / 79
那些记忆中的味道 / 85
一包荔枝和一道疤痕 / 90
“女汉子”是这样炼成的 / 94
自己种的土豆特别香 / 99
有些“苦”，需要你自己去尝 / 103
既然总有遗憾，不后悔 / 107
选择，或许没有你想的那么重要 / 113
你的眼里，有我曾经的样子 / 116
不负身体，方不负自己 / 120
稀罕自己的“臭皮囊” / 125
你有趣了，生活才有味道 / 130
你能在石头上睡觉吗？ / 134
心中盛开善意的花 / 138
生命不可或缺之“厚” / 142
每一个生命都值得尊重 / 147
你究竟是哪里好？ / 151
你是一棵抗晒的菜吗？ / 155
成为自己的雕刻师 / 159

对生活有所期待，对自己有所要求 / 162
欺骗我们的，是自己 / 166
有些事情，不值得纠缠 / 170
走过千山万水，原来是“格局”二字 / 173

三、亲情无边

背起行囊走天涯 / 179
读城记 / 185
委屈的泪妈妈替你擦 / 190
不想用爱绑架你 / 197
猜猜我有多爱你 / 201
因为爱，所以爱 / 206
将我心，比你心 / 209
不说“为了你” / 215
在一起的时光 / 218
做一个从容淡定的母亲 / 222
长成属于你们自己的样子 / 226
我在原地，等你回来 / 229
妈妈住进了我们心里 / 234

后记：妙在似与不似之间 / 238

自序：成长，比成功更重要

在目前出版市场不很景气的情况下，出书，对作者和出版社而言，都需要回答这样一个问题：我想写一本怎样的书？

关于亲子教育类的书，用汗牛充栋来形容，似乎一点都不为过。我读过的亲子教育类书中，有两本给了我许多启发。一本是《哈佛女孩刘亦婷》，另一本是《好妈妈胜过好老师》。

既然市面上已经有这么多优秀的亲子教育类书籍，我为何还要写这本书？

促使我下笔的，是因为小女儿欢欢。欢欢读一年级时，因为不曾上过学前班，拼音基础较弱，学得有些吃力。如果第二天有考试，欢欢就会很担心，怕自己考不好。

我忽然就想到了自己小时候，也曾一直害怕考试，将考试看得比天还大。虽然成绩一直名列前茅，但总害怕万一考砸了怎么办？所以，从小学到高中，无数次考试，都是我的无数次梦魇。

直到经历过高考，我才终于明白，如果学习是一场需要耐力、毅力和恒心的长跑，那么，考试就像长长的跑道上那些大大小小的跨栏。每一次跨越，干脆利落地跨过去了固然精彩，但难免摔倒几次，又有何妨？

于是，我敲击键盘，写下了给女儿们的第一封信——《和考试和解》。欢欢看了后，搂着我脖子说："妈妈，你说出了我的心情呢……"

从此，一发不可收拾。回忆，就像开了闸的洪水，源源不断地席卷而来。我将自己30多年走过的路，看过的风景，化为一个个浅显易懂的小故事，向女儿们娓娓道来。《唯书和时光不可辜负》、《你想要的，时间都会给你》、《猜猜我有多爱你》、《委屈的泪妈妈替你擦》等50封信，成了女儿们的"睡前书"。

写着写着，我忽然明白了，我想写的，不是一本教孩子"成功学"的书。

我们从小到大所受的教育，缺少的不是如何追求成功，而是如何面对失败，如何接受平凡。当孩子达不到父母心目中的所谓成功时，父母是否失落？孩子是否焦虑？如果失落、焦虑伴随父母和孩子一生，往往容易嫉妒、计较、抱怨，活得不快乐，那将是多么糟糕的事。

我总觉得，我们的教育，把"成功"的含义狭隘化了，认为成名、成家、当官、发财才是成功。这样的成功，好比千军万马过独木桥，这样的成功，无疑是个小概率事件。

我心目中的"成功"，可以定义为"成长"。在我看来，身体健康，家庭幸福，能凭自己的能力拥有一份合适的工作，自食其力，这样的人生，就是成功的。这样的成功，相信大多数人甚至所有人通过努力都能达到。

不是每个孩子都能达到世俗意义上的“成功”，但每个孩子都可以“成长”。

因此，在我心目中，成长，比成功更重要。我们可以不成功，但不能不成长。

最后，感谢武汉大学出版社，愿意为我这个无名小卒冒一次险。能如愿出版这本书，幸甚。

2016年12月1日

一

学海无涯

唯书和时光不可辜负

亲爱的欢乐：

某晚 9 点，我下班回到家，姐姐卧室的灯还亮着，捧着《意林》，看得如痴如醉。我说：“不早了，快点睡吧。”姐姐说：“哦，我想把这个故事看完。”于是，我轻轻掩上门，不忍再去打扰。妹妹已酣然入梦，床头手机里的有声书正播放着一个个儿童成语故事……

孩子，你们都已经爱上了看书、听书，享受到了书带给你们的快乐，妈妈很欣慰。

如果说有一样东西，无论你开心、忧伤，抑或烦恼、孤独，它都会无怨无悔地陪伴你，那么，我首先想到的，就是书。如果今生选择与书为伴，那么，这一辈子，你的精神世界都不会陷入绝境。

我从小就喜欢看书。从有记忆以来，家里就有很多书、报纸、杂志。别人家的爸爸是“饭后一支烟，快活似神仙”，我爸爸却从不抽烟，很少喝酒，最大的爱好是看报纸、逛书店。虽然父母工资微薄，但买书、订报的开支，父母从来没有省过。

每次去新华书店，我最喜欢去儿童书柜台，里面有各种连环画和小人书，好像是五毛钱或一元钱一本。我把脸凑到柜台玻璃上，仔仔细细地将每本书的封面看一遍，从书的封面猜测内容是否好看，选好后让售货员阿姨拿给我。每次去，爸爸总会买几本送我，我会开心一整天。

10 岁那年，爸爸妈妈送给我一套少年儿童出版社出版、林汉达先生主编的《上下五千年》。这套书分上、中、下三册，外面有一个深蓝色的书套，是 20 世纪 80 年代的畅销书。林先生深入浅出、生动流畅的叙述风格，开创了通俗历史读物的一个新时代。最近回老家，我又找出了这套书。虽然纸张已经发黄，书角已经起皱，但我仍视若珍宝，并准备推荐给你们看。

小学高年级时，父母带我去新昌图书馆办了借书证。从此，我如鱼得水，就像大文豪高尔基先生说的那句话："我扑在书上，就像饥饿的人扑在面包上。"我陆陆续续看完了《365 夜》《一千零一夜》《安徒生童话》《皮皮鲁和鲁西西》《三毛流浪记》《十万个为什么》……20 世纪八九十年代孩子们爱看的书，我几乎都看过。

初中、高中的六年，虽然学习越来越忙，作业越来越多，但书桌上的课外书似乎一直没有间断。那时正是"为赋新词强说愁"的年纪，我的阅读口味从儿童故事转向了文化散文。

那几年，余光中、余秋雨、刘墉、张晓风、席慕蓉、龙应台、三毛、罗兰、张爱玲、白先勇、舒婷等作家的书，滋润着我的精神世界。特别是刘墉写给他刚考上高中的儿子刘轩的系列书信集《超越自己》《创造自己》《肯定自己》深深吸引了我。如何面对青春期的迷茫？如何蜕变成一个成熟的人？这些书给了我答案。

当然，我也瞒着父母，读完了琼瑶的50多本爱情小说。从《窗外》到《在水一方》，从《六个梦》到《梅花三弄》，无数个夜晚，我默默地在别人的故事里流着自己的泪。

琼瑶喜欢在书中引用诗词曲赋，读得多了，我也渐渐爱上了唐诗、宋词。爸爸的书架上有一本《唐诗三百首》，他常引用古人的话说："熟读唐诗三百首，不会作诗也会吟。"初中毕业那年暑假，闲来无事，我每天都背一首。记得第一首是张九龄的《感遇》，第一句是"兰叶春葳蕤，桂华秋皎洁"。"葳蕤"两字见所未见。于是，一边读唐诗，一边翻《新华字典》。一句一句读，一首一首悟。这样坚持了一个暑假，把《长恨歌》《长干行》《蜀道难》《将进酒》等一批"巨无霸"都啃下来了。后来意犹未尽，买了《宋词三百首》《古文观止》等，但功课越来越忙，终究没有像对唐诗那样好好下"笨功夫"。

高中毕业，整理书房。课本和教辅书，大多要么送人，要么卖给收废纸的阿姨。但这些陪伴我走过童年、少年的课外书，我一本都舍不得处理，好好保存着。它们是我最初的精神家园。

大学四年，是一个人一生中最可以肆无忌惮看书的时光。摆脱了中考和高考的束缚，可以真正到书的海洋里畅游了。我到大学报到后的第一件事，就是办好了学校图书馆的借书证。我要求自己每周至少看 3 本书，并特地买了一个笔记本，登记看过的书。望着笔记本上与日俱增的书名，我有很大的满足感和成就感。打个不恰当的比方，恰似老葛朗台数金币时的心情吧。大学毕业时，登记在册的有 750 多本。记得本系有位师兄，也是嗜书如命，竟然看书看得视网膜脱落，我自叹不如。

我的专业是历史学。课程表上，有“史学概论”、“中国历史文选”、“中国历史地理”、“中国经济思想史”、“中国文化史”、“世界通史”、“世界现代历史进程”等课。每堂课上，教授都会推荐和这门课相关的学术参考书。

我常常在课后去图书馆找这些参考书。在看这些书时，作者会注明他引用观点的论文出处和参考书目。我顺藤摸瓜，继续去借这些参考书。渐渐地，看书范围越来越广，对书的质量高下也有了一定的眼光。

阅读，就像一个圆，如果半径代表阅读量，圆周代表未知世界，那么，读书越多，半径越长，未知世界就越大，探求未知世界的好奇心也越强烈。印象最深的是费正清、崔瑞德两位汉学大家主编的《剑桥中国史》，共 15 卷 17 册。我最爱其中的《剑桥中国隋唐史》。有一段时期，我喜欢一批旅居国外的汉学家研究中国历史的著作，如黄仁宇的《万历十五年》《赫逊河畔谈中国历史》，唐德刚的《晚清七十年》，孔飞力的《叫魂》，史景迁的《追寻现代中国》……渐渐明白，我们只能无限接近历史，却不可能还原历史。而这也正是历史学的魅力所在。

因为喜欢经济史，一位在浙江大学经管学院读研究生的师兄就给我开了长长一串经济学著作的书单。如马克斯·韦伯的《新教伦理与资本主义精神》、弗里德曼《资本主义与自由》、约翰·纳什的《约翰·纳什博弈论论文集》、道格拉斯·诺思的《经济史中的结构与变迁》……沉浸在这些书里，渐渐觉得，学问没有界限，无论是哲学、历史学、经济学、社会学、人类学，最后都会水乳交融、触类旁通。杨振宁先生也曾说过："物理学研究到了尽头就是哲学，哲学研究到了尽头就是宗教。"

大学四年，我收获了很多。我渐渐明白，学会用历史学、哲学、经济学等思维方式思考、处理问题，远比我们只会记住历史事实本身，要有用得多，且受益终身。

工作后，我也继续保持着看书的习惯。苏轼说："可使食无肉，不可使居无竹。无肉令人瘦，无竹令人俗。"同样地，无书，也会令人俗。有段时期，你们还小，忙于工作，忙于家庭琐事，无法静下心来看书。时间久了，就觉得自己面目可憎，腹内草莽。

我喜欢带你们泡图书馆、逛书店，也常和你们开玩笑说："妈妈最享受的事，就是每晚睡前，一边泡脚，一边看书，这是真正属于我的世界。"

最近夜深人静时写文章，曾经读过的书，竟奇迹般地一一苏醒。即使是当时觉得艰深如英国历史学家汤因比写的《历史研究》，如今想来也倍感亲切。

人生路上，朋友或许会辜负你，但我们读过的书，度过的时光，不会辜负你。你的身上，会有你曾经读过的书的味道。孩子，愿你们也喜欢并享受这种味道。

2016 年 4 月 1 日

你思，故你在

亲爱的欢乐：

前不久，我写了《唯书和时光不可辜负》给你们，希望你们喜欢并享受书的味道。看到你们或在书桌前，或在被窝里，捧着一本书读得津津有味时，我想，这样的时刻，应该是你们一天中内心最安宁的时光。

孩子，阅读是好习惯，尤其要自小养成。不过，阅读之外，还需要思考。“学而不思则罔，思而不学则殆”，时空跨越千年，孔老夫子的话依然铿锵有力。他在两千多年前就告诉了我们阅读和思考的关系。

一味读书而不思考，就无法理解书中的深意。这样的阅读，就像我们吃了满桌的美味佳肴，但因为消化不良，食物穿肠而过，营养却没留下。思考，就像是牛的反刍，将营养从食物中充分消化吸收，强身健体，充实大脑。

思考，是一种能力。这种能力与生俱来，但还需要后天的训练和引导。

每个孩子从出生那天起，就是一个小小思想家。面对这个完全陌生的世界，小脑袋里总有无数个为什么，迫切地想要知道答案。“妈妈，我从哪里来？”“妈妈，人为什么会死？”“妈妈，鸟为什么会飞？”因为对未知世界充满了好奇，孩子的思考就源源不断产生了。

记得妹妹在上幼儿园的年纪，特别喜欢观察路上的交通标志和公共场所的指示牌，小脑袋里有许多问题。比如，在商场坐扶手电梯时，妹妹会指着一个“站在中间却被打叉的人”的标志问：“这是什么意思呀？”我说：“这是提醒我们不能站在电梯中间，要靠边站，方便后面的人超过。”开车时，看到斑马线，妹妹就会问：“为什么要在地上乱涂乱画？”我说：“这不是乱涂乱画，是斑马线，是为了让我们走路更安全。”

有这样一个故事：两个小男孩骑着自行车进公园，被警察叔叔拦住了。一个小男孩沉着地问警察叔叔：“为什么要拦住我呀？”警察回答：“因为不能骑自行车进公园。”孩子继续问：“可是我前几天就骑自行车进来，没有人拦我啊！”警察回答：“是的，平时允许。但今天是星期天，有很多妈妈带着宝宝在公园里玩，骑自行车容易撞到他们，所以不允许。”孩子对警察的解释表示满意，乖乖地离开了公园。另外一个小男孩，则觉得警察叔叔肯定是对的，就什么都没问，乖乖掉头离开了。

虽然结果都是离开了公园，但这两个小男孩的处理方法是不一样的。第一个小男孩善于思考，经过分析判断，弄清原委。

第二个小男孩“乖”得没有了任何想法，大人要他怎样就怎样。两个小男孩的不同表现，其实和我们长期以来的家庭教育和学校教育有关。

比如家庭教育。我们大多数父母，长久以来，习惯了替孩子决定本该由他们自己决定的事情。比如，穿什么衣服，看什么书，上什么兴趣班……渐渐地，孩子懒得思考，反正只能按大人要求的去做。所谓的“乖”孩子，就这样产生了。“乖”的背后，其实是思考的缺位，是主见的丧失。就连高考填志愿，也大多由父母决定。有些孩子和父母的想法不一致，父母还要千方百计说服孩子听他们的。父母的理由是：“我们经验比你丰富，相信我们不会错的。”孩子思考的能力，就这样一点一点被剥夺了。

再比如学校教育。从小学到高中的学校教育，大多还是以填鸭式的教学方法为主。将课本里的知识一股脑儿告诉孩子们，孩子们只需记住，考试时能吐出来就行。讨论、辩论等培养孩子发散性思维的教学方法，对我们的课堂来说，是种奢侈。因此，从小学到高中，长长的 12 年里，原本对未知世界充满好奇的孩子们，身体长高长大了，而思考的能力却一点一点被抑制了。

回顾我自己的成长，思考能力得到训练并发展的时期，是大学四年。

记得进大学后的第一堂课，是历史系的系主任给我们上的。系主任说，“上世纪八九十年代，厦门大学的会计系很牛。会计系的学生，把乌黑锃亮的算盘往胳膊下一夹，那种雄赳赳、气昂昂的感觉，真是无以言表。但即使他们这么牛，在全校的辩论赛中，却不敢和我们历史系 PK。因为历史系的学生受过历史学思维训练，善于博古论今、旁征博引，常常将他们辩得哑口无言、甘拜下风。”

系主任接着说：“你们是来自全国各地的优秀学生。不过，从现在开始，你们最好将以前学过的历史知识放空。希望你们以一张白纸的状态，走进历史系，走进历史，揣摩历史。相信四年后的你们，和现在的你们，会有很大的不同。当然，前提是，你要爱看书，爱思考。”

经过几个月的学习，我明白了系主任的这番话。我们高中以前学到的历史知识，为了便于考试，标准答案往往是简单化处理的。然而，真实的历史，绝非“1+1=2”那样有公式可循，也不是非黑即白、非此即彼。因此，学习历史，不能人云亦云，简单地下结论，应该多思考历史事件和历史人物给后世的启发，以史为鉴，观照现实。

因此，大学四年，我安安静静地在图书馆里看了 700 多本书。在各派观点的交锋与碰撞中，渐渐有了自己的思考。

到报社工作后，就越来越感到思考的重要性。采访提问的过程，就是思考的过程。记者必须要有“打破砂锅问到底”的执著和较真。只有把新闻事件的来龙去脉想清楚并了然于胸了，才能写出让读者一看就懂的稿件。否则，只会“以其昏昏，使人昭昭”。写作的过程，也是思考提升的过程。如果只会写

“本报讯”之类的简讯，那么，即使写得再多，也只是数量的堆积，而非质量的递进。要想写出有深度的好稿、特稿，除了思考，还是思考。

如果学会了思考，让思考成为一种习惯，那么，无论从事什么工作，都可以出彩。多年前，看央视《面对面》节目，采访嘉宾是茅威涛。主持人问她为什么同样是演戏，同样是扮演陆游，她却能演得特别有味道？茅威涛说：“我认为我是一个愿意去思考、去琢磨点事的人，而且明白我今天应该把越剧做成什么样。”喜欢思考的习惯，使她将别人眼中已走到尽头的“小百花”，变成了西湖边的“百老汇”，达到了一般人无法企及的高度。

法国哲学家笛卡尔说：“我思，故我在。”跳出哲学命题，借用其话语层面传达的精神，我想，人类和动物的最大区别，就是思考。即使再忙碌，也总有一些时刻，需要我们静下心来，发呆，思考。而提问，是思考的开始和延续。所以，孩子，勇敢地做一个打破砂锅问到底的小孩吧，让自己看得更清楚，活得更明白。你思，故你在！

2016年4月8日

不是为了被世界看到

亲爱的欢乐：

某天，下班路上，我听电台“十点读书”节目。这样一段话吸引了我：“小蜗牛，一直努力地往上爬，不是为了被世界看到，而是为了看到更广阔的世界。”

我们每一个人，不就是那个小蜗牛吗？我们一生的奋斗，不就像小蜗牛，一直努力地往上爬吗？我们奋斗的目的，是为了追求名利，得到社会和他人的认可？还是放下名利，做好自己，过好此生？前者，有点像“被世界看到”，后者，更像是“看到更广阔的世界”。今天，妈妈想和你们聊聊这个话题。

高中时，我特别看重考试成绩和名次。如果成绩不理想，就会觉得对不起老师，对不起父母，并一直耿耿于怀。有一天，父亲送了我两句话，一句是老子《道德经》中的“以其不争，故天下莫能与之争”，另一句是杜甫《望岳》中的“会当凌绝顶，一览众山小”。

父亲说：“老子这句话，告诉我们，学习，是和自己比，不是和别人比。只要你比以前有进步，就很好。而且，当你不和别人比时，考试的排名反而不会差。杜甫这句话，是指学习，就像攀登泰山，当我们到达山顶时，就会觉得那些我们曾经以为很高的山，其实很渺小了。当然，还有比泰山更高的山。所以，学无止境。”

很长时间里，我并没有想明白。想明白这些话，是需要阅历和经历的。

经历过高考，似乎有了一些顿悟。高考让我明白，这不是一个学校范围内的竞争，也不是一个县城范围内的竞争。当竞争范围无限大时，和别人比，就没有什么意义了。这时，我们能做的，就是做好自己。正如父亲说的，只要比过去有进步，就可以问心无愧。

大学四年，我基本上都泡在图书馆。许多个月明星稀的夜晚，我抱着厚厚一摞书，从图书馆慢慢走回宿舍时，心里是无比的充实和快乐。

经历过从小学到高中的应试教育，直到大学，我才终于明白，学习，不是为考试而学，而是为自己对未知世界的好奇而学。对未知世界的好奇，是每个人的天性。从这个意义上讲，学习是符合孩子求知的天性的，是一个人从无知走向有知，看到更广阔的世界的过程。

2003 年，大学毕业，我回到家乡的报社工作。记者是“万金油”，是杂家，最好什么都懂一点。所以，报社招聘记者时，专业不限。除了我这个历史系毕业的，报社还有许多学新闻、中文、哲学、法律、经济学等专业的高手。

在报社的日子，一群来自五湖四海、不同专业的年轻人聚在一起，为同一份职业理想而奋斗，是一件多么让人振奋的事。人与人之间，不是单一的竞争关系，而是相互学习、共同成长的融合关系。每个人都有优点和长处，当然也有缺点和短处。所谓尺有所短，寸有所长。

当你比别人只优秀一点点时，别人或许会嫉妒你，但当你比别人优秀很多很多时，别人就会欣赏你。报社里卧虎藏龙，有好几位写大稿、特稿的高手。整个版面的长文，可以一气呵成、娓娓道来。对于这样的前辈和高手，我们佩服得五体投地，将他们的文章作为范文，读了又读，品了又品，试图能学到他们构思和行文的技巧。

当我们带着欣赏和佩服的眼光，向身边的同事、朋友们学习时，我们的生命格局就豁然开朗了，也就真正理解了“三人行，必有我师焉”。报社的工作经历，让我对个人和团队、竞争和合作、单一和多元，有了更多感受和体悟。

孩子，世界很大，个人很小。我们学习、工作、努力成长，不是为了和别人比，也不是为了被他人肯定。而是，遵从自己的内心，抱着对未知世界的好奇和热情，寂静开花，野蛮生长，看到更广阔的世界。

当我们离开这个世界的那一天，但愿我们可以坦然地说：这一辈子，我认真地投入地活过了。

2016 年 4 月 12 日

告诉自己，没什么大不了

亲爱的欢乐：

最近，听你俩聊上课举手发言的事。妹妹说：“我不爱举手哎！”

其实，小时候的我，比你们更害羞，更不爱举手，也更以此为烦恼。不过，孩子，妈妈想告诉你们，这些成长路上的小缺点和小烦恼，没什么大不了，时间和环境会让你们改变。

小时候，我的害羞到了不可救药的地步。我可以轻轻松松宅在家里看几天书，却觉得上课举手发言千难万难。如果老师点名让我发言，我一定涨红了脸。明明知道答案，却回答得局促而紧张。渐渐地，老师们都知道了我这个脾气，上课也不点我名了，我安心听课就行。这样的状态持续到高中毕业。

上大学后，过上了集体生活，常和舍友们夜聊卧谈，内向的个性有了一些改变。但大部分时候，我还是喜欢做一个独来独往的女子：一个人泡图书馆，一个人打工，一个人写文章……

彻底的改变是工作后。2003 年 7 月，我大学毕业，到《绍兴日报》社工作。每天，跟着老记者东奔西跑去采访，但还是寡言讷语，不爱说话。

一天晚上，我在报社写稿，一位德高望重的编辑微笑着走过来，和我聊了几句后，语重心长地对我说："记者是一个每天都要和各行各业的人打交道的职业。要成为一名好记者，首先要学会和人打交道。否则，你会做得很累。过段时间，你要独立采访了，加油。"我一直很感谢这位前辈的教诲。我明白，我必须改变自己了。

于是，我买了绍兴市地图和自行车，办了公交 IC 卡，就这样开始了独立采访的记者生涯。

那时的我，确实是青春年少，激情满怀。独自拿着一张地图，骑着一辆单车，每天穿街走巷，试图捕捉每一个社会新闻。随着媒体竞争的日益激烈，记者不再是"无冕之王"，采访被拒也成了家常便饭。"物竞天择，适者生存"，如果不想放弃，就必须有足够的勇气和胆量。于是，在一次又一次的知难而进中，内心似乎一点一点强大起来了。

有一次，"全国报业广告创新经营模式高峰论坛"在绍兴举行。全国各地的报业精英到达绍兴的第一天，我接到了部主任布置的任务：采访精英，请他们谈谈对绍兴的印象。

这些报业精英，都是业界"大咖"，会接受我这样一个无名小卒的采访吗？我这个总是习惯性脸红的人，一路上都很忐忑。但真正开始采访后，才发现，“大咖”们并不可怕。采访过程中，我提的最多的也是最通俗的一个问题是：“提起绍兴，您印象最深刻的是什么？”我们从鲁迅、王羲之、黄酒、越剧聊起。话题一旦打开，我最初的紧张和忐忑悄然不见了，采访进行得很顺利。

渐渐地，这样的知难而进就像一束光芒，害羞，则像跟随我多年的身后的一个小阴影，遇到了光，自然逃逸得无影无踪。

妈妈想用自己的故事告诉你们，小缺点，小烦恼，就像人生路上的小小绊脚石，都是小意思，没什么大不了！人生路上，一切都有可能改变。

2016 年 4 月 18 日

和考试和解

亲爱的欢乐：

最近，和你们聊天，发现你们有一个很好的习惯：每次考完试，你们都会分析这次考试错在哪，为什么会错，是不懂，还是粗心。下次要注意什么。

我很高兴，无论成绩好坏，你们都不纠结。用这样的心态面对考试，考试就成了你们的朋友，帮你们发现知识上的漏洞，多好！

回想起我的青少年时期，远没有你们这样豁达、坦然。那时的我，对待考试，总是追求完美、不断自责。考试于我而言，不是朋友，更像一个个敌人，等待我去攻打。

对学习和考试的印象，最初是从你们的外公外婆经常对我说的一番话开始的。外公外婆常常说："爸爸妈妈都是大学生，你要好好学习，如果你学得好，是应该的，如果学不好，别人就会笑话我们，说两个大学生还教不好小孩……"

从小就很懂事的我，牢牢记住了这番话。当时的念头是，必须好好学习，否则就对不起父母。也一直很感谢父母，是他们教给了我“认真”二字。

从小学一年级开始，放学回家，老师要求抄写生字，我会先在报纸上将这些生字抄写几遍，直到自己满意，才会工工整整写在作业本上。你们外婆来接我放学时，碰到老师，老师总说：“改你家女儿的作业是种享受!”一年级第一学期期末考，我语文、数学都考了100分，爸爸妈妈自豪满足的笑容，深深地印在我脑海里。

从此，我对每次考试都很在意。考得好了，一路蹦蹦跳跳回家，向父母报告时是轻松自豪的口气；考得差了，希望回家的路能长一点再长一点，不知该如何开口和父母讲。虽然父母常说，考得差了，你自己已经很难过了，我们不会批评你。但晚餐桌上明显减少了的笑声，仍然让我心事重重。

渐渐地，连我自己也觉得，考得好是应该的，考不好是我的错。考试，成了我的千斤重担和心头包袱。

最近回老家时，整理抽屉，看到了初中、高中六年的期末考试成绩单。当时全校要评奖学金，我几乎每学期都是一等奖学金。看着这一叠成绩单，我默默地想，当年那个小女孩，是怎样小心翼翼、如履薄冰地一路扛过来的呢?

老师和同学们都认为，考试对我来说一定很轻松。其实，恰恰相反，每次面对考试，我都很紧张。每次大考前，我都如临大敌般忐忑不安，不允许自己有什么失误。如果略有退步，我就会自责很久。

那时的我，好像也不是为父母而读书，更多的是和自己较劲。记得高三时，曾写过一篇作文，大意是觉得自己很累，像绷紧了的弦，快要支撑不下去了。我的语文老师特别善解人意，她给我写了一段评语，大意是哀兵必胜，相信自己。

班主任一直认为我高考进全省前100名的把握挺大。但是，结果让我大为意外。由于语文作文严重跑题，150分的语文，结果只考了89分。在全省的排名跌到了1000多名。

从小学到高中，整整12年基础教育，每次考试都谨小慎微、如履薄冰的我，在最后一次象征基础教育结束的高考中，依然遭遇了滑铁卢。

经历过高考，对学习和考试，好像有所顿悟。终于明白，学习，不是只需要爆发和冲刺的短跑，而是一场需要耐力、毅力和恒心的长跑。考试，则像长长的跑道上那些大大小小的跨栏。每一次跨越，干脆利落地跨过去了固然精彩，但如果摔倒几次，其实又有何妨？

最近几年参加小学、初中、高中同学会，聊起很多当年的往事，很多事情我却不知道或没参与。估计那时的我只会埋头学习，似乎没有轻松的心情和同学们一起疯、一起闹。现在想来，也是遗憾。因为，我错过了很多童年和青少年本该拥有的乐趣吧。

所以，如何正确面对考试，真是太重要了。一旦将考试看成一场场战争，就会有无穷无尽的压力。即使成绩不错，也一样会被压得喘不过气来。所以，从你们上小学开始，我就告诉你们，学习，是和自己比，只要自己比以前有进步，就很好。即使偶尔退步了，下次迎头赶上，一样好。

一直记得某位前辈说过的一段话：“欲干事者，最需信念、恒心、毅力，有过硬的心理素质，使自己内心坚强，心态平和。”希望你们在不长不短的 12 年基础教育阶段，始终用快乐平和的心情，面对每一次考试，让考试成为你们的朋友，而不是敌人。

2016 年 4 月 20 日

挫折，来得越早越好

亲爱的欢乐：

我常常会想，你们长这么大了，遇到过挫折吗？幼儿园时，姐姐怎么学都学不会跳绳，算不算挫折？小学里，妹妹的拼音一度很吃力，跟不上其他同学的节奏，算不算挫折？

即使你们现在还没遇见挫折，但挫折，一定会在人生的某个路口等待着你。今天，妈妈想告诉你们，孩子，不要怕，挫折，来得越早越好。

我人生路上第一次可以称之为挫折的，我想，应该是高考。

高二时文理科分班，我的文科成绩和理科成绩在全年级都排名第二。当时有种说法："学好数理化，走遍天下都不怕。"因此，一般是理科不好的学生才去读文科。我却毫不犹豫选择了文科，因为，我喜欢。高二、高三，我的文科成绩一直稳定在年级前两名。

高三下学期，基本都是题海战。一次又一次的模拟考，我的成绩都很稳定，一般都在600分以上。班主任石老师说，如果高考能考到600分以上，就可以冲刺北大、复旦这些名校了。

结果，让我意想不到的是，150分的语文，我只考了89分，是全校两个不及格的人之一。而平时的模拟考，我的语文成绩基本都在125分以上。

我的语文老师怎么也想不通，建议我申请复查高考试卷。经查，作文偏题，60分的作文分，我好像不到30分。

1999年，浙江省语文高考的作文题目是《假如记忆可以移植》，一个让我难以忘怀的题目。

考场上，我编了这样一个故事："1949年，有一对孪生姐妹，姐姐和母亲留在了大陆，妹妹和父亲去了台湾。从此，一直没有机会见面。因为种种原因，两岸一直无法沟通。假如记忆可以移植，把孪生姐妹的记忆互相移植到对方脑海里，那么，在大陆长大的姐姐和在台湾长大的妹妹就可以互相理解对方。通过她们的宣传，两岸人民的沟通也会越来越顺畅。"

我的语文老师叹了口气，说："高考作文最好写议论文，小说体裁很冒险，容易剑走偏锋。"

这个成绩，让我丧失了报考复旦新闻系的资格。这对19岁的我来说，是一个不小的打击。在当时的我看来，在哪个城市读大学，读哪所大学，就决定了我今后在哪个城市工作，从事什么样的工作，也就决定了今后的人生。

我一度很懊悔。我曾关起门来反思，觉得自己最大的错误是对作文过于自信，自认为选题新颖，会出彩，会拿高分。而恰恰是当自己盲目乐观时，离犯错也就不远了。所以，这件事给我的教训是，在一些重大时刻和关键环节，求稳比求新更重要。

你们的外公安慰我，事到如今，再后悔也没用，我们该考虑怎么样填报志愿。我们要想办法把这 561 分利用好，既不能浪费，也不能落空。

如果说生命中有贵人相助，那么，在填报志愿时，我的姑婆（我爸爸的姑姑）就是我的贵人。姑婆是二十世纪六十年代毕业于复旦大学的老牌大学生。毕业后响应国家号召，分配到内地的重工企业工作，退休后回到家乡。爸爸和我带上一叠厚厚的志愿指南，向姑婆求助。

姑婆根据我的分数，挑选了 10 多所高校，分析了这些高校历年的重点分数线，最后建议我第一志愿报考南开大学，第二志愿报考中国农业大学，第三志愿报考浙江林学院。

选好了大学，开始选择专业。其实，对于一直埋头读书、缺乏社会实践的我们来说，填报志愿时，选择专业是很盲目的。因为语文考砸了，数学考得好，我就填报了会计专业，并服从调剂。

当天晚上 10 点多，姑婆突然打来电话说，考虑再三，感觉南开大学有点悬，建议报考把握更大的厦门大学。于是，第二天交给班主任的高考志愿表，我的第一志愿是厦门大学。

等待的日子是煎熬的，我无数次做好了最坏的打算——第一志愿落空，去第二志愿或第三志愿的学校。但无论如何，我不接受复读。因为，高中三年，学习的神经绷得太紧，我不想再过高中生活。

大概一个月后的傍晚，爸爸下班回家时，三步并作两步跑上楼，手中高举着厦门大学的录取通知书，兴奋地说收到了！当我打开白色信封，看到橘红色的印着厦门大学建南大礼堂的录取通知书时，一颗悬着的心，终于落了地。高考这场战役，终于尘埃落定。从此，我将开始全新的大学生活。

孩子，和你们聊完了我人生的第一个挫折，你们有什么感想呢？人到中年，再回头看青少年时的挫折，觉得挫折就像出水痘，出过一次，就会增强身体自身的免疫力和抵抗力，不会出第二次。

当然，人的一生中，挫折不一定只有一次，但同样性质的挫折，相信可以避免。所以，早点出水痘，早点遇见挫折，对人的成长来说，未必不是好事啊。

2016 年 4 月 25 日

笨功夫，并不笨

亲爱的欢乐：

和你们一起看央视《中国诗词大会》《中国汉字听写大会》《中国成语大会》等节目，特别是看到7岁女孩李尚荣，在舞台上气定神闲、滔滔不绝地背诵大段大段的古典诗词时，我除了由衷地佩服，更是深深地遗憾。我遗憾的是，我在幼年至青少年时期，虽然自认为还算认真，但下的苦功还是远远不够。该读的书，很多都没有读。就连李渔的《笠翁对韵》，也是看了《中国诗词大会》才知道，实在孤陋寡闻之至。

现在想来，一个人的幼年至青少年时期，是人一生中记忆的巅峰期、黄金期。这个阶段，如果肯下苦功，熟读并背诵四书五经、唐诗宋词等传统文化，就好比在我们体内植入了中国文化的基因和密码。随着时间的推移，它们会在体内沉淀、发酵，源源不断地给我们营养和支持。反之，如果错过了这个阶段，就很难再记住这么多知识了。

我们常说“笨鸟先飞”，其实，不管是聪明的鸟，还是笨鸟，在练习飞翔的过程中，都必须下苦功。就像全世界的教育，凡是精英教育，全都必须是吃苦的，不过教育的方式方法可以探讨。

好的方式方法，可以让孩子苦中作乐、乐在其中。反之，则会不断扼杀孩子学习的积极性。然而“一分耕耘一分收获”的规律亘古不变，也就是我们常说的“书山有路勤为径，学海无涯苦作舟”。

肯花时间下苦功，下那些在常人眼中有些笨笨的苦功，当时或许会觉得傻，但事后回头去看，会庆幸自己坚持下来了。有两件事情让我如今想来有点意思。

第一件事是高中时背成语词典。我的书房里一直放着一本《汉语成语词典》，扉页上写着购买时间——1993 年 7 月，小学毕业。高中时，我突发奇想，决定把整本《汉语成语词典》读一遍、背一遍。因为词典很小巧，我就带在身边，有空时就读上几页，边读边用红笔写写划划。这样坚持看完后，无论是语文试卷上出现的成语，还是写文章时用到的成语，都感觉得心应手了许多。

第二件事是大学里对读书的痴迷。当时，我给自己定的目标是，每周至少读 2 本书，坚持大学四年读 700 本书以上。大二时，我给自己申请了第一个新浪邮箱，不知当时怎么想的，用户名竟然是拗口的 useful_ alarm@ sina. com。或许是提醒自己心里要有个闹钟，到点了就该起床看书了。

无论是在图书馆里，还是在校园的林荫道上，还是在操场边的台阶上，我的书包里总会带着几本书和几支笔，边看边摘抄。渐渐地，我可以精确计算出看一本书需要多少时间。如果是比较深奥艰深的专业书、学术书，我平均一小时读10页（20面）。小说、散文、随笔等，则当作休闲书来读，可以一目十行，也可以掩卷沉思。每当啃完一本厚厚的专业书、学术书，那种充实感和满足感，真是无以言表。

记得有一天清晨，在校园中的芙蓉湖畔看书。柳树边和水边的蚊子特别多，但我沉浸在书中，竟毫无知觉。等我晨读结束，回到宿舍时，舍友们大叫起来，说你整条小腿怎么都肿起来啦？我这才低头去看，竟然是密密麻麻的蚊子叮过的红包。大学四年，我最庆幸的，是没有虚度光阴、挥霍青春。那些看过的书、摘抄过的读书笔记，都沉淀在脑海里，一次次给我惊喜。

如今，朋友圈里流行这样一句话："别人比你牛并不可怕，可怕的是，比你牛的人比你更努力。"聪明人，其实也在下笨功夫，比如我一直欣赏的杨澜。

我们看到的，大多是她在镜头前光鲜亮丽、春风得意的一面，却很少了解她为了保证每期节目质量而花的功夫和狠劲。2000年创办阳光卫视后的她，工作节奏之快，工作强度之大，在她的《一问一世界》中，可略知一二。很长时期里，她是在北京、上海、香港三地之间连轴转的"空中飞人"。有一次，《杨澜访谈录》节目组临时决定赴美国采访某重要嘉宾。刚下飞机，在去采访的路上，工作人员都在打瞌睡、倒时差，杨澜却打起精神、争分夺秒看厚厚一叠的背景资料和采访提纲。直到采访完成，连续 24 小时没有合眼的她，才累得在车上睡着了。她说，她是采访的“功课主义者”，不下笨功夫做功课，怎能做出让观众满意的节目？

互联网时代，杨澜依旧相信“好记性不如烂笔头”。她有个习惯，在车上永远保持 2 本书、1 支笔。车堵得太狠时，她立刻捧上书，看到重要的地方用笔做好记号。她要求自己一年至少看 60 本书，否则，面对采访嘉宾，会觉得自己很肤浅、很幼稚。

孩子，如果我们没有努力过，就不知道自己的潜力到底有多大。同样地，如果我们不曾下过一些所谓的“笨功夫”，其实也不知道这些“笨功夫”会带给我们什么。

在这个用钱可以购买很多服务的时代，唯有知识的获取方式，依然千百年来亘古不变。不要奢望用钱可以搞定，也不要奢望让他人代劳，唯有老老实实靠自己，好好地下“笨功夫”，才能亲近它，理解它，拥有它。

所以，笨功夫，并不笨。

2016 年 5 月 13 日

笑纳你的困顿期

亲爱的欢乐：

你们是否发现，有时，运气特别好，好事接二连三；有时，运气特别糟，倒霉的事情如影随形……其实，这其中是有主观和客观多重因素的。

比如，发生一件倒霉事后，人们的心情会受影响。在坏心情中，学习和工作都更容易出错，从而陷入了一个恶性循环，也就是所谓的“困顿期”。今天，我想和你们聊聊，怎样面对、走出这个困顿期。

十多年前，我曾在报社工作。有段时期，写稿子很流畅，下笔似有神助，洋洋洒洒即成千言；有段时期，却感到词穷，打开电脑，不知从何说起。一个晚上，或许只憋出几百字，而且还不满意，第二天推倒重写。

每当进入词穷的时期，我就异常焦虑、烦恼，感觉自己已经被掏空了。每每此时，一位纵横媒体几十年的资深编辑，就会气定神闲地安慰我说：“当你感到写不下去时，你要高兴，因为你已经到达了一个瓶颈期。突破这个瓶颈，你会发现自己有很大进步。”

当时，我很不理解，认为这只是好心的安慰。但后来渐渐发现，好像是有这样的规律。熬过这个困顿期，某一天，突然就会有“山重水复疑无路，柳暗花明又一村”的惊喜，感觉前面豁然开朗。又或者像爬山，不知不觉中比原先上了一个高度，有种“会当凌绝顶，一览众山小”的开阔。

记者的成长，似乎就是在“会写—不会写—会写”的螺旋式中上升。当时不明白个中奥妙，现在想来，或许是因为，如果一直会写，没有遭遇瓶颈，就会一直马不停蹄赶路，遣词造句和思维方式就会一直停留在驾轻就熟的原有状态。

只有遭遇瓶颈，才会迫使自己停下脚步，反思哪里出了状况。在反思和改进中，也自然到了一个新的境界。那位资深编辑提醒年轻记者，既要埋头拉车，也要抬头看路，说的也就是这个道理吧！

记者的成长是如此。人生，又何尝不是如此呢？或许只有顺境和困境不断交替出现，才能促使我们不断成熟吧！

还记得去年清明节时，我们在溪水中看到的那颗小小螺蛳吗？在湍急的溪水旁的石头上，有一颗小小的螺蛳，牢牢吸附在光滑的青苔上。无论溪水如何冲刷，它都不随波逐流。对它来说，这显然是个困境。而它，竟然顽强地挺过去了。

还有这样一个故事：一位动物学家抓了两只蝴蝶，想做成标本。由于临时有急事，就暂时把它们关在瓶子里。第二天早上，动物学家拿起瓶子一看，一只已经死了，另一只则静静地伏在那儿，一动不动。当他打开瓶盖时，“呼”地一声，那只静止的蝴蝶忽然飞了出去，逃之夭夭。

经过仔细分析，动物学家得出一个结论：那只死了的蝴蝶是由于不满自己被关，盲目乱冲乱撞，终于耗完精力一命呜呼。而那只最后活着逃走的蝴蝶，善于观察环境，不该行动时就安分守己、养精蓄锐，等待时机来临。

被关在瓶子里，对两只蝴蝶来说，都是困境。它们面对同样的困境，采取了不同的应对方法。人生不可能一帆风顺，难免会遇到困顿期。此时，我们是鲁莽地横冲直撞、自暴自弃，还是选择暂停、选择思考呢？

我们从小所受的教育，大多是鼓励我们勇往直前，却忽视了人生路上有些时候是需要我们“暂停”的。此时，“以退为进”“以静制动”“以不变应万变”或许要比“勇往直前”更好。《三国演义》中，曹操煮酒论英雄，刘备大智若愚、韬光养晦，从而巧妙脱身。韬光养晦，其实也是在困境中学会暂停和思考，静待时机出现。

民间常说“大难不死，必有后福”，或许也是指，能熬过或躲过大难的人，因为经历了困境，心智更加成熟，对人生有了更为积极的信念。

孩子，不要害怕你正处于或即将面对困顿期。笑纳它，你会有意想不到的成长和收获。

2016年5月15日

有些弯路，需要你自己去走

亲爱的欢乐：

某天，和一位父亲聊天。他说，和儿子聊了很多自己的人生经历，希望儿子借鉴，可以少走些弯路。我沉吟片刻，对他说，恐怕，有些弯路，需要孩子自己去走，他才会有更深的感悟。更何况，有些在我们眼中的弯路，对孩子的人生来说，不一定是弯路。

今天，我想和你们聊聊这个有意思的话题。

蒋勋先生在《孤独六讲》中写到，小时候，他最怕父亲说“我走过的桥比你走过的路还多，我吃过的盐比你吃过的饭还多”这句话。每每此时，他都在心里默默地想：你走过的桥不能代替我走过的路，你吃过的盐也不能代替我吃过的饭啊！

或许，中国的父母和子女之间，很难真正平等。不知不觉中，父母总会以过来人的口气和孩子说话，语重心长，谆谆教导。孩子当面不敢反驳，但内心深处，是否也像蒋勋那样想呢？

我们当然明白，父母是为我们好，不想让我们浪费时间去走他们走过的弯路。然而，人生之路不是搞科学研究。科研是精密的计算，不必重复别人已经证实为错误的算法；而每个人的人生，都是独一无二的，别人眼中的弯路，或许让你去走，别有一番风景也未可知。

比如看书。我们都知道，要看好书，不要把时间浪费在那些没有营养的书上。当你在看一本垃圾书时，就浪费了本该看一本好书的时间。可是，在我们的成长过程中，必定看过一些垃圾书，也就是说，必定走过一些弯路。

比如，我上初中时，有段时间，喜欢去书店租言情小说看。诸如“富家公子爱上灰姑娘”“豪门千金爱上穷小子”等故事，看得很过瘾。但看得多了，渐渐觉得乏味、无聊。差不多的套路，差不多的情节，看了开头就知道结局。高中时，当同桌喜欢看言情小说时，我已经没感觉了。那时的我，喜欢的是刘墉的《萤窗小语》，余秋雨的《文化苦旅》《山居笔记》……

大学里，整天泡图书馆和书店，看过不少好书，也看过一些老生常谈、泛泛而谈、人云亦云、心灵鸡汤之类的口水书。走过不少弯路后，逐渐学会了如何选书。看出版社，看作者简介，看序和目录，基本就能判断这本书值不值得读，精读还是读个大概。那时喜欢的出版社有中华书局、三联书店、商务印书馆、中信出版社、译林出版社、广西师大出版社等，他们的书，能保证品质和水准。

阅读品位的提升，需要走一些弯路。当你们在看《爆笑校园》等漫画书时，我不仅没有阻止，还向你们借来看过。我知道这些书并没有什么营养，但如果阻止你们，会有两个坏处，一是增加了你们的逆反心理和好奇心，越是不能看就越想看，且会觉得我不懂你们；二是没有比较，就无法衬托出好书的魅力。

于是，当你们痴迷于看漫画时，我会继续推荐杨红樱、梅子涵、沈石溪等儿童作家的书给你们。有一天，姐姐对我说："妈妈，我觉得漫画看多了，其实也挺无聊的，没啥意思。"我暗喜，这条弯路走得有意义。

对电视节目的选择，也需要走一些弯路。比如，明知《喜羊羊和灰太狼》《熊出没》等动画片很幼稚，越看越傻，但当你们喜欢看时，我没有阻止。我的对策是，一边让你们看喜羊羊、光头强，一边挑选一些优质动画片和你们分享，比如《巧虎》《猫和老鼠》《米奇妙妙屋》《勇敢传说》《疯狂原始人》等。好的动画片富有人文关怀，弘扬真、善、美等价值观，拒绝低俗和无厘头，让人感觉温暖。渐渐地，你们也学会了判断和选择。

有些时候，别人眼中的弯路，如果自己去尝试了，说不定就不是弯路。我不由想到了杨澜。1994 年，主持《正大综艺》的她，获得中国首届主持人"金话筒奖"。正当事业最辉煌的时候，她却激流勇退，决定离开央视，远赴美国哥伦比亚大学国际及公共事务学院攻读硕士。身边很多朋友认为，美国毕业后不还是要工作？既然如此，干嘛放着通衢大道不走，却要走这段弯路？杨澜认为，要想在竞争日益激烈的媒体环境中存活下去，必须提升自己的核心竞争力。事实证明，她的选择不是弯路，而是另一段崭新人生的开始。

孩子，每个人都是独一无二的，每个人的人生都是“私人订制”。别人的成功经验和失败教训，可以借鉴，但无法代替。所以，有些弯路，需要你自己去走。这样的人生路，才是踏实的、精彩的。

2016 年 5 月 19 日

总有一件事情让你痴迷

亲爱的欢乐：

人生最大的幸福，就是有一件可以“为伊消得人憔悴”的事。

从 2016 年 3 月 18 日给你们写第一封信开始，回忆，就像开了闸的洪水，再也停不下来。每当夜深人静时，我就会坐在电脑前，在屏幕发出的淡淡蓝光中，敲击键盘，记录文字。这，或许就是一种痴迷吧！

这种痴迷，可以废寝忘食，可以不眠不休，可以不吃不喝。午夜梦回，为一个精美的句子，拥被而起。于是，有暗香浮动在笔墨之间，有文思如月照我的无眠。

孩子，如果有一件事情会让你痴迷，那么，你的人生，无论何时都不会太孤独。

曾经和一些从海外学成归来的精英人士聊天。他们说，刚到国外时，人生地不熟，寂寞和孤独如影随形。每个人排遣孤独的方法都不同，让我印象最深的，是一位从小痴迷古典文学的博士。他每每思念亲人，就朗诵或抄写中国诗词。每次读到马致远的《天净沙·秋思》中的“夕阳西下，断肠人在天涯”，他都潸然泪下。最孤独的时候，是他痴迷的中国古典文学陪伴了他。

可以让你痴迷的事情，一定是你的爱好和兴趣所在。那么，什么是你的爱好呢？每一个人都有无限可能性，上帝为你关上一扇窗的同时，一定会给你打开另一扇窗。但因为时间有限，精力有限，我们无法体验所有爱好，只能尽可能多地去体验。总有一扇窗，当你打开时，你会惊喜地发现，原来，这就是你想要的。

因此，我不想让兴趣班成为你们的负担，而是成为你们的精神家园。从幼儿园开始，上什么兴趣班，都是由你们决定的。

幼儿园时，你们学画画。儿童画、线描画、水粉画、国画、素描……每一种绘画形式，我都鼓励你们去尝试。我并不要求你们成为画家，而是希望绘画的世界让你们的生活更多姿多彩。爱画画的女生，审美和品位一定不差！

上小学后，你们学书法。先学硬笔，再学毛笔。和画画一样，我也不要求你们成为书法家，而是希望书法的世界可以让你们的内心更从容、更淡定。1992 年暑假，12 岁的我，去富阳舅公家学书法。舅公选择赵孟頫的小楷《道德经》作为我的字帖，每日临摹数篇。“道可道，非常道。名可名，非常名……”《道德经》的超然物外和书法的气定神闲，彼此交融，让 12 岁的我，有了比同龄人更安静的内心。

除了画画、书法，我也鼓励你们学电子琴、跳舞、唱歌、主持人……最近半年，又开始学乒乓球。你们有没有发现，幼儿园时，妈妈鼓励你们做加法，多尝试，多体验，读小学后，妈妈鼓励你们做减法，从诸多爱好中选择两三样自己最喜欢的，一直坚持下去。

曾听到这样一个故事：有位母亲对孩子十分严格，总要求孩子笨鸟先飞，稍不满意就批评责骂。孩子大了，有反抗意识了，就对妈妈说："你总要我笨鸟先飞，我觉得你才是一只笨鸟，自己不会飞，却拼命让我飞。"

这对母子的故事给了我很多思考。现实生活中，有多少父母，是将自己无法做到、不曾实现的理想，强加在孩子身上呢？自己没考上理想的大学，要求孩子将来必须考上？自己工作不满意，要求孩子将来必须有一份体面的工作？自己没有什么兴趣爱好，要求孩子十八般武艺样样精通？

或许我们会说，这是为孩子好，总要一代胜过一代吧？这话表面看起来不错，但扪心自问，我们真正关心过孩子在成长路上是否快乐吗？我们要他做的，是否是他的兴趣所在呢？又或者，我们想过如何帮助孩子找到他们的兴趣所在吗？而不只是跟随大流，盲目强求。

一直觉得，身为父母，我们应该做的，是牵着你们的手，陪你们走一程。一路上，鸟语花香，姹紫嫣红，你们自然而然会找到你们的兴趣所在。

一直觉得，父母和孩子之间的关系，不是教育与被教育的关系，而是龙应台说的“孩子，你慢慢来”，是刘墉说的“肯定自己，创造自己，超越自己”，也是张晓风说的“母子一场，是一把借来的琴弦，能弹多久，便弹多久”。

孩子，妈妈期待的事，是能陪着你们找到那件能让你们痴迷的事，并让这件事陪伴你们一生，比如阅读，比如书画，比如音乐，比如运动……

2016 年 6 月 3 日

把喜欢沉淀为信念

亲爱的欢乐：

某晚，你俩小脑袋凑在一起，津津有味地读着我写给你们的信。因为爱你们，也因为爱文字，所以，给你们写信，是一件幸福的事，它们是别样“情书”。

有些爱好，一旦在小时候播下了种子，就会野蛮生长，寂静开花，最终成为你生活的一部分。我对文字的喜欢，就是这样一种感觉。

小学一年级，父母给我订了《故事画报》。有一次，语文老师让我们写一篇有关春天的作文。我脑海里马上蹦出了一个在《故事画报》里看到的句子：“春天到了，小草从泥土里钻出了绿油油的小脑袋，可爱极了！”我把这个句子写进了作文。那篇作文，被老师作为范文在全班朗读。或许从那时开始，对文字的喜欢就悄悄萌芽了。

随着爸爸妈妈给我订更多的杂志，买更多的书，我进入了一个广阔无垠的书的世界。就像一块海绵，先是贪婪地吸收水分，当水分达到一定的量时，就自然有了表达的欲望。阅读，是写作前的漫漫长路；写作，是阅读后的水到渠成。

小学五年级，语文老师姓陈，也是我们的班主任。陈老师是名副其实的文学青年。他有丰富的藏书，经常借给我们看。那是一个流行写诗、读诗的年代。我记得陈老师曾借给我一本诗歌集。我爱不释手，一边看一边摘抄其中优美的句子。去还书时，陈老师表扬了我摘抄笔记的习惯。

在那个没有什么培训班、兴趣班的年代，陈老师办了一个免费写作班，招收了十多个喜欢写作的学生。这个写作班，会像作家协会那样定期组织采风活动。好多个周末，陈老师带着我们到处跑，接触自然，接触社会，记录所见所闻所感，并在写作课上交流点评。

有一次，陈老师带我们参观当时号称全国最大的新昌羊毛衫兔毛市场，逛了整整一个下午。一边逛，一边教我们用怎样的结构、怎样的视角，写参观类的文章。陈老师用耐心和热情，带领一群懵懂少年，一步步走进了文学殿堂。

当天晚上，我在家里写这篇游记。写着写着，停电了。那个年代，电力资源短缺，停电是家常便饭。我坐在书桌前，在摇曳的烛光中，继续自得其乐地写着。或许，写作的最初动力，来自写作过程中的自得其乐和有感而发。

小学五年级时，无意中看到《少年儿童故事报》上有一个征文比赛，大意是有个男孩在某次考试中考差了，请续写后面的故事。我编了一个情节有点巧妙的小故事，抱着试试看的心情去投稿，没想到被《少年儿童故事报》录用并刊登了。

这是我第一次看到自己稚嫩的文字变成散发着油墨香味的铅字。当看着这张报纸在同学们手中传阅时，我激动了好一阵子。

后来，投稿成了我学习之余的最大爱好。特别是高中三年，班主任石老师对我的投稿给予了极大的鼓励和支持。我写的作文，石老师几乎每篇都看。他认为好的，就让我抄在稿纸上，他帮我向《中学生语文报》《绍兴教育报》等报纸投稿。

一开始，连投了几篇，都杳无音信。我有点心灰意懒。石老师鼓励我说："如果不投，肯定不可能发表；投了，就有50%的可能性。我觉得你写得挺好，要坚持。"

后来，文章陆续见报，且越来越多。学校传达室的大爷，远远看到我，就冲我喊："小姑娘，又有稿费单了，快来拿。"有时，大爷会问我："你哪来这么多时间写文章啊？不用做作业吗？"每次去拿稿费，我都有种"劳动光荣、自食其力"的自豪感。

很多老师、同学都认为，如此喜爱文字的我，大学里一定会选择中文系。但阴差阳错，我没有读中文系，而读了历史系。四年历史系的学习经历，看了很多历史小说，文史确实不分家。

毕业后，先在报社工作，后来辗转进了机关。工作之余，将所思所想所感，化为涓涓细流，或敲击键盘，或徜徉笔尖，已经成为我生活的一部分。

有朋友问：“你既然这么喜欢写作，为何不从事文字工作?”我却觉得，喜欢，可以不成为一种职业，但一定可以成为一种信念。

古代的大文豪们，杜甫、王昌龄、苏轼、王安石、范仲淹……其实都不是专职作家。文学，只是他们茶余饭后，或忧国忧民，或感时济世，或触景生情，或伤春悲秋，有感而发而已。

比如范仲淹那首脍炙人口的《苏幕遮·碧云天》，是他1040年至1043年间，在西北边塞的军中担任陕西四路宣抚使，主持防御西夏的军事时写下的。一向以硬汉形象示人的范仲淹，触景生情，写下了“碧云天，黄叶地。秋色连波，波上寒烟翠……明月楼高休独倚。酒入愁肠，化作相思泪”，低回婉转，满满都是羁旅乡愁。这样的触景生情，不是时时都有，也不是人人都有，需要水到渠成。如果让专职作家写命题作文，就无法达到这样的感觉。

我喜欢的几位当代作家，如席慕蓉、刘墉、蒋勋等，也都不是专职作家。不过很巧，他们都和美术有关。他们走上写作的道路，似乎是“无心插柳”，结果“柳成荫”。比如蒋勋，他从台湾文化大学史学系毕业后，赴法国巴黎大学艺术研究所深造。返台后曾任《雄狮》美术月刊主编、东海大学美术系主任。他给学生上美学课时，常常提到《红楼梦》给他的种种美学思考。蒋勋说，他是将《红楼梦》当佛经读的，因为里面处处都是慈悲，处处都是觉悟。于是，学生们建议他开设一个关于《红楼梦》的讲座。这一开，就是三年。三年中，听课的对象从学生扩大到了社会各界人士。无论是达官贵人，还是普通百姓，都从蒋勋的《红楼梦》讲解中，感悟了人生。后来，讲座内容集结成册，就是持续畅销的《蒋勋说红楼梦》。

我曾给你们写过《总有一件事情让你痴迷》，告诉你们，如果有一件事情会让你痴迷，那么，你的人生，无论何时都不会太孤独。同样地，当你遭遇挫折，身处逆境时，因为有这份爱好在、这份信念在，你对生活就不会太绝望。

比如，北宋大文学家苏轼。他一生坎坷，颠沛流离。他的生活状态，套用我们流行的说法，就是“不是被贬官，就是在被贬官的路上”。但是，在别人看来如此艰难困顿的人生，苏轼在精神上却从未被打倒。因为，他有“文学”这个精神支柱和信念。当他在世俗社会中遭遇不幸时，他可以到文学世界中寻找安慰，为自己疗伤。最后，他用他的笔去追求“诗和远方”，用一生把别人的苟且活成了潇洒。

如果说青少年时，写作只是一种爱好，那么，随着年岁渐长，写作已渐渐成为一种依赖。或许，正在往信念的路上走着。

这是一种怎样的依赖呢？就是，当我想倾诉时，我永远有这样一个温暖、贴心的倾诉渠道——写下来。这样的倾诉，可以不受时间、地点、对象的限制。只要拿起笔，就可以“我手写我心”。刚下笔时，或许是“剪不断，理还乱”的状态。但写着写着，忽然有了“只在此山中，云深不知处”的醒悟。

很多时候，答案不是别人告诉我们的，而是一直就在我们心里，只是缺少一种梳理。而写作，正可以帮助我们静下心来，看沧海桑田，念人心冷暖。心，变得越来越柔软。

孩子，妈妈相信，今后，你们也一定会有你们喜欢的事情。生命，或许不会因为这份喜欢而延长长度，但一定可以因此而增加厚度。生活，也会因这份喜欢而愈加美好。

2016 年 6 月 10 日

你想要的，时间都会给你

亲爱的欢乐：

某晚，我又在书房给你们写信。妹妹说："妈妈真爱写，没有老师给你布置作业，你却写了这么多。"姐姐说："妈妈不仅爱写，还特别勤快，基本一两天就写一篇呢。"

是的，最近两个多月来，我高效利用一切可以利用的时间，趁自己有灵感有激情时，把想写的题材一篇篇写下来。

每天在上下班路上，我在脑子里构思框架，打腹稿。文章，七分想，三分写。一旦构思成熟，就会下笔如有神助，千言万语，可以一气呵成。

晚上，你们看书时，我写；你们睡觉了，我继续写。周末，你们上兴趣班时，打乒乓球时，都是我尽情写作的时间。有时一边陪你们玩，一边还见缝插针地在手机上码字。或许，当一个人在做自己喜欢的事情时，某种潜能会充分释放出来。

今天，我想告诉你们，如果我们学会了合理、高效地利用时间，那么，你想要的，时间都会给你。

我们常说，时间最公平，每个人都是每天 24 小时。一分钟不多，一分钟不少。其实，时间并不公平。可以不止 24 小时，也可以少于 24 小时。关键要看我们怎么利用它。

记得我上小学后，你们的外公外婆就告诉我，做任何事情，都要用心做，有计划地做。“凡事预则立，不预则废”，不能“小和尚念经，有口无心”，不能“做一天和尚撞一天钟”，不能“脚踩西瓜皮，滑到哪里算哪里”。具体到学习，不仅要保质保量完成老师布置的作业，还要自觉预习、复习。

一开始，我心里有点抵触情绪。觉得父母对我太严，别人家的小孩，做完作业就可以玩了，我却还要多花不少时间预习、复习。但渐渐地，我就体会到了预习、复习的好处——可以让人养成自主学习的习惯。自主学习有很多内涵，其中一点，就是自主、合理地安排学习时间。

哈佛大学终身教授丘成桐先生说：“在美国，随着孩子年龄的增长，会一点点加大学习的任务。到了大学时是最苦的，所有的精英教育全都必须是吃苦的。而中国的孩子到了大学，却一下子放松下来了。他们放松的 4 年，恰好是美国大学生最勤奋的 4 年，积蓄人生能量的黄金 4 年。”

我们善待时间，时间就会善待我们。我们浪费时间，时间就会抛弃我们。到最后，我们恍然发现，虚度光阴，才是人的一生中最大的悲哀。

如何善待时间呢？首先，要对时间有一个规划。古人云：

“一年之计在于春，一日之计在于晨。”小到一天，大到一年或几年，都应该有一个规划。比如，一天之中，早上起床后，想一想，今天我要做什么？晚上睡觉前，想一想，今天我做了什么？这或许就是曾子说的“吾日三省吾身”吧。

前几天，我和姐姐聊天。我说有朋友的孩子，小学毕业后，以优秀的成绩考入了杭州的某些私立学校。姐姐问：“要多优秀才能考进呢？”我说，听说杭州某初中在全省只招 70 个小学毕业生，绍兴只有 2 个孩子考进，竞争十分激烈。姐姐继续问：“既要学习成绩好，又要看课外书，还要学各种特长，还想旅游，那该怎么安排时间呢？”我说：“这个问题问得好，这就是时间的奥秘。”

鲁迅先生说：“时间像海绵里的水，只要愿挤总还是有的。”我想用生活中的故事，和你们聊聊怎么“挤”时间。

初中物理课上，我们学过电路的“并联”和“串联”。在安排时间时，我们可以多采用“并联”的方法，即同时做很多事情，也就是“一心多用”。

记得我读初中时，同校有一个学霸师兄。他为了训练自己的注意力，故意到路边小店里做作业。在车水马龙的嘈杂声中，照样聚精会神学习，不受丝毫干扰。后来，我也模仿着，一边听音乐，一边做作业，有时还竖起耳朵听一会老妈在看什么电视连续剧。老妈也是这方面的高手，她总是一边看电视，一边织毛衣。一部连续剧看完了，一件毛衣也织好了。我家隔壁有位伯伯，更是这方面的高手。他是剧团乐队指挥，可以一边敲

“的笃板”，一边看小说。一个剧目演完了，一本书也看完了。

当然，“一心多用”不等于“三心二意”。如果你们无法同时驾驭这么多事情，那就还是老老实实的“一心一意”吧。等你们掌握了其中的奥妙，就可以尝试“一心多用”。

“一心多用”可以从简单的事情做起。比如，每天早晨，我叫你们起床时，总是随手打开录音机，播放你们的语文或英语磁带。你们一边穿衣、洗漱、吃早饭，一边有意无意地听磁带。很多课文，老师还没教，你们就会背了，因为每天反复听，已经听得滚瓜烂熟了。同样地，我干家务时，总会随手打开手机里的有声书，既心情愉悦地干活，又增长了不少知识。

我工作的单位离家挺远，来回要开两个多小时的汽车。在你们眼里或许是枯燥乏味的路程，在我看来，却是最自由自在的一段旅途。因为，这是一个在工作和家庭以外的世界，这个世界里只有我。我可以用这段时间，听我喜欢听的音乐。有一段时间，我特别喜欢听蒋勋先生的有声书，每天听一点，陆陆续续听完了他的《中国文学之美》《蒋勋说红楼梦》《蒋勋说唐诗》《蒋勋说宋词》《孤独六讲》等几十张光碟。这，何尝不是另一种看书和思考呢？

当你们学会了高效利用时间，你们会豁然发现，同样是一天 24 个小时，你们可以做更多的事情。比如，某个周日，上午 7 点，我们出发去安吉的凯蒂猫乐园。傍晚 6 点，赶回绍兴吃晚饭。晚上 7 点，准时赶到乒乓球馆练球。8 点回家，整理书包，洗漱。9 点上床，看书。9 点半，关灯睡觉。这一天，你们旅游、练球、看书，一个都没有落下。

杨澜在某期访谈节目中说过这样一段话：“我把事情分成两类，一类是必须自己去做的，比如陪孩子聊天，一类是可以找人代劳的，比如做家务。如果时间有限，我一定会优先去做那些必须自己做的事情。”这，也是合理安排时间的小窍门。

孩子，你想成为怎样的人？你想去哪些地方？只要你坚持梦想，用好每一天、每一月、每一年，你想要的，时间都会给你。

正如我们走过的路、看过的书、交过的朋友、欣赏过的风景，都会一一沉淀在脸上，超越年龄的磨损，闪耀温润的光芒。

2016 年 6 月 16 日

你有多努力，就有多自由

亲爱的欢乐：

龙应台写给儿子安德烈的《给河马洗澡》，结尾那段话已成经典。身为“龙粉”的我，忍不住想再引用一遍：“孩子，我要求你读书用功，不是因为我要你跟别人比成绩，而是因为，我希望你将来会拥有选择的权利，选择有意义、有时间的工作，而不是被迫谋生。当你的工作在你心中有意义，你就有成就感。当你的工作给你时间，不剥夺你的生活，你就有尊严。成就感和尊严，会给你快乐。”

孩子，我第一次读到这段话时，真是痛快极了，大呼过瘾。真心佩服龙应台，寥寥数语，道出了我长久以来想要表达却言不达意的想法。

孩子，这个世间有一种公平，那就是，你有多努力，就有多自由。

1999 年 9 月，我考入厦门大学历史系。世纪之交，法律、经济、会计、新闻、建筑等专业非常热门，找工作时特别抢手。而历史呢？就像被打入冷宫、不受待见的宫女，面临着一毕业就失业的尴尬和危机。

如果说从小学到高中，还多少带有迫于考试压力而努力学习的味道。那么，进入大学，面对冷酷无情的就业压力，我忽然明白，大学四年，我必须努力，凭自己的能力找到自己喜欢的工作，不让父母操心……

于是，大学四年，我投入最多时间，也是最热衷的，是这样三件事：泡图书馆、听讲座、当校报记者。

先说泡图书馆。厦大有很多图书馆。综合性图书馆规模最大，藏书量最多。除此之外，还有很多专业图书馆，比如文史、政法、经济、信息科学等。

历史系每周大概上 20 多节课，平均一天 4 节课。没有课的时候，我几乎不是在图书馆，就是在去图书馆的路上。随着阅读量的增加，每天都有脑洞大开的感觉，觉得过去的自己多么无知、多么浅薄，好像白活了一样。

那时看书的节奏，可以用“贪婪”来形容，“贪婪”到不愿意浪费时间在路上。厦大校园很大，从宿舍到图书馆，也是不短的路程。每次去图书馆，我的装备都很齐全：毛巾、水杯、面包……做好了在图书馆泡一天的打算。

夏日午后，烈日灼灼。在图书馆看书，看得困了，就趴在桌上睡一觉。或者，找一本闲书，让看久了学术著作的大脑放松片刻。醒来后，洗把脸，继续看。记得当时特别喜欢吃一种砖头大小的面包，有浓浓的奶香味，不甜腻，3 元钱一个，午餐或晚餐就这样解决了。那些年，图书馆几乎成了我的第二宿舍。

再说听讲座。大学之大，不在大楼，而在大师。我一直觉得，大师们的精彩讲座，是一所大学的精华所在、魅力所在，也是学生们的精神家园所在。

厦大芙蓉湖畔有个三岔路口，是我从宿舍去图书馆的必经之地。这里集中了多家书店和校学生会活动中心，被厦大学子尊称为“三家村”。每逢有重要讲座，“三家村”总会第一时间贴出通知，广而告之。

那些年，我们在厦大听过很多高质量、高品位的讲座。记得 2001 年前后，时任北京大学中国经济研究中心主任、经济学家林毅夫先生，来厦大讲中国加入世界贸易组织（WTO）的大时代和大变革。当时，能容纳千人的建南大礼堂座无虚席。略带台湾口音的林先生英俊潇洒，结合他擅长的发展经济学、农业经济学、制度经济学等研究领域，娓娓道来。印象中，他还提到了当年从金门岛游泳投奔大陆的传奇故事，血浓于水的爱国情怀溢于言表。讲台上的他，让我们十分仰慕。

同样来自台湾的作家林清玄，讲他的“番薯情结”和文学创作，又是另外一种风格。30 岁前得遍台湾所有文学大奖的他，被誉为台湾“当代散文八大作家”之一。他的《和时间赛跑》《桃花心木》等多篇散文入选中小学语文课本。和他飘逸洒脱的文字不同，见到他本人时，稍稍有些失望，不过倒像邻居大叔一样亲切、随和。记得那天听讲座的人太多，将报告厅挤得水泄不通。就连台阶上、窗台上都挤满了人。整场讲座，他一直站在台下，没有丝毫的疏离和陌生。

白岩松在他的《白说》中，提到了1999年带妻儿在厦门大学演讲的往事。好巧，我就在现场。记得那是1999年9月30日晚上，国庆节的前一天。在报告厅的讲台上，校学生会打出了“老白，你好!”的横幅。白岩松一走进来，就自嘲说：“我有这么老了吗？叫我小白吧!”讲座内容是他一贯擅长的人文、理想和情怀。记得他幽默地说，一定要和大学同学搞好关系，因为大家学的是同一个专业，毕业后就成了同行，低头不见抬头见啊。毕业于北京广播大学新闻系的他，每年开全国“两会”，就等于是他们的同学会。最后，他还不忘幽默地提醒，厦大是个温柔乡，厦大学子千万小心，不要“掉”进去了。

中华人民共和国第一位女性交响乐指挥家、厦门爱乐乐团艺术总监兼首席指挥郑小瑛女士，也应邀在厦大作了一场关于她和音乐的传奇人生故事的讲座。郑小瑛女士是福建永定人，在厦门组建了中国第一个由政府和国有企业扶持、实行艺术总监负责制的职业交响乐团——厦门爱乐乐团。聆听她的讲座时，全场观众都被她由内而外散发出的对音乐的热情和激情牢牢吸引了，简直无法相信她已年过七十。正如业界所说的，她确实是一位“不可思议的、具有魔力的指挥家”，对于眼睛来说，看她的指挥手势是一种享受。那场讲座，就像一把钥匙，帮我们打开了交响乐和高雅艺术这扇大门，让我们得以靠近它、亲近它。

最后说当校报记者。高中时，我是校刊记者、编辑。进大学后，我延续这一爱好，成为《厦门大学报》记者站一员。记得2001年春天，为迎接厦大80周年校庆，《厦门大学报》推出了一个名师名家专栏，让记者站的记者们分头采访曾在厦大工作过的知名教授的故事，并刊登在校报上。

我负责采访的名师中，有历史学家韩国磐先生、教育家潘懋元先生等元老级前辈、大师。2001年时，他们大多已是80多岁高龄，不再轻易见客。能借助校报记者的身份，有机会向这些学界泰斗、一代宗师当面请教，实在是三生有幸。

我很珍惜这个宝贵的采访机会。那段日子，在敲开每一位大师的家门前，我都铆足了劲，下了一番“笨工夫”，认真地“啃”完大师们的经典著作。

印象最深的是去拜访韩国磐老先生。韩老先生住在鼓浪屿上。在去鼓浪屿的轮渡上，我有些忐忑，生怕在史学泰斗面前，我这个小小本科生，知识面太窄，史学功底太差，提问太肤浅。轻轻敲开韩老先生的家门，他女儿将我迎了进去，并带我到老先生的书房。我看到一位眉清目秀、神清气爽的老人，正坐在书桌前看书、读报，就像家里的长辈一样和蔼、亲切。我已忘了怎样自我介绍、说明来意、请教问题的，只记得，我走时，韩老先生坚持送我到门口。他女儿说，这是老人家一生的习惯，是他始终奉行的待客之道。我一边走下楼梯，一边频频回头，向韩老先生抱拳作揖，请他保重身体。

韩老病逝于2003年8月。2011年，厦大90周年校庆时，厦大官方微博发表了陈嘉庚、鲁迅、林语堂、萨本栋、陈景润、卢嘉锡、汪德耀、林文庆、韩国磐9位已故学人的介绍。在90周年校庆系列讲座中，还开设了《纪念韩国磐先生》的专题讲座。韩老先生在厦大的地位之高，由此可见一斑。

如今，一边回忆，一边感叹，《厦门大学报》的这个专栏，让我在本科阶段，有机会走到这些大师身边，聆听他们的谆谆教诲。一代大师们的人格魅力和学术成就，从此深深烙印在我心中，让我受益终生。

孩子，学历（知识）、经历、阅历，是我们改变命运的重要方法。这些方法都有一个共同特点，那就是，可以通过自己的努力获得，可以掌握在自己手中。

与其抱怨环境，不如用抱怨的时间充实自己。一切抱怨，都是对光阴的浪费，而一切努力，都可以让自己发生改变。这些改变，即使微小，也能积少成多，聚沙成塔，假以时日，就会给你一个惊喜。

就像你们的妈妈，通过四年努力学习，终于拥有了一份自己喜欢的工作，回到绍兴，成为一名报社记者。

孩子，明天生活得好不好，取决于你今天怎么过。如果你不想让未来的你讨厌现在的自己，那么，从现在开始，好好努力吧。努力，是掌握在自己手中，并可以送给自己的最好礼物。

请相信，所有努力，都不会白费。今天的努力，就是为你将来的自由铺一条虽有荆棘但更有鲜花的路……

2016年6月20日

庄严感，凝聚向上的力量

亲爱的欢乐：

前几天，妹妹拿着语文课本，背课文给我听。我接过课本，发现塑料书皮的书脊处，已撕开了长长一条裂缝，就像穿了一条开裆裤。翻开书本，发现不少书角也起皱、打卷了。我对妹妹说："你要像爱护你的脸那样，好好爱护你的书本哦。"

妹妹背完课文，蹦蹦跳跳地去整理书包了。我不禁想起了我小时候那些整洁的课本和漂亮的书皮。

我是1987年上小学的。那个年代，流行用挂历纸当书皮。那时的挂历是一整本的，一个月一大张，上面画着各种图案。旧挂历"退役"后，就自动成了我包课本的书皮。

爸爸是包书皮的高手。经他的巧手打磨过的书皮，棱角分明，线条平直，就像给课本穿上了一件得体的西装，精神极了！那时比较流行两种包法，一种是四角包，另一种是三角包，爸爸擅长前者。

每次开学，我背着一书包的新书回家，把一整摞新书往爸爸眼前一放，爸爸就知道，当天晚上，有他忙的了。

我最喜欢给爸爸打下手，偶尔也会自己包几本。但不知为何，我包的书皮总是缺少一种精气神，就像被霜打过的茄子，蔫头耷脑。爸爸说，这是因为我用力不够均匀，折线不够分明。

爸爸全神贯注地比划、剪裁、折纸的过程，在我眼里，充满了庄严感。我默默地想："爸爸这么用心地帮我包书，我一定要好好读书，否则怎么对得起他呢。"

爸爸包的书皮真是精致、漂亮，我不舍得让书皮沾上一点点脏东西。因此，我会在书皮外面，再包一个塑料封面。每学期结束时，卸下塑料封面和挂历书皮，里面的课本完好如初、簇新锃亮。我将一本本课本排列在书架上，看着它们，就像将军检阅自己的部队似的，有一种发自内心的自豪感。

渐渐地，我心里就有了这样一种感觉：只要爸爸替我包课本，这门课我一定能学好。我把这个想法说给爸爸听，爸爸哈哈大笑说："哪有那么神奇，是你的心理作用吧！"

这确实是一种心理作用，一种让我对课本、对学习充满庄严感的心理作用。这份庄严感，在很多年里，给了我好好学习、天天向上的动力。

我忽然想起了你们加入少先队的那个仪式。那个仪式，也给了我强烈的庄严感。身在其中的你们，也一定感受到了。

2012 年 9 月 5 日，姐姐光荣地加入了少先队。2015 年 10 月 13 日，妹妹也成为了光荣的少先队员。这两个日子，我都在现场，都亲手为你们戴上了红领巾。

还记得那一刻我对你们说过的话吗？我说："孩子，你真棒！妈妈祝愿你做个快乐的小学生！"你们点点头，沉浸在激动、自豪的心情中，或许没有察觉我眼角的热泪。

加入少先队仪式的那份庄严感，会让你们感到，你们不再是一个幼儿园里懵懂无知的小娃娃了，而是一个需要担负起更多责任和使命的少先队员了！

红领巾代表红旗的一角，它是革命先烈的鲜血染成的。当你戴上红领巾，请记得这是对革命先烈的尊重和缅怀。当你右手五指并拢，高举头上行队礼时，请记得这表示人民的利益高于一切。当你唱起《我们是共产主义接班人》这首队歌时，在嘹亮的歌声中，请记得"时刻准备着，为共产主义事业而奋斗"的誓言。

孩子，如果说 18 周岁意味着一个少年成为成人，那么，7 岁时加入少先队，意味着一个儿童成为少年。这份庄严感，会帮助你成长为一个阳光少年。

时光总是匆匆，我们常说光阴似水，但流水尚能摸到、看到，而时光，却看不见，摸不着，就这样从指尖悄无声息地溜走了。

因此，在某些时间节点，我们需要停下脚步，用某种仪式，告诉自己，也告诉别人，我们将进入一个新的人生阶段。既是和过去道别，也是和未来握手。

除了刚才说的加入少先队的仪式，还有一个仪式，也充满了庄严感。那就是18周岁的成人礼。

中国古代，男子一般在20岁时举行成人礼，叫冠礼。由男子的家长替他将头发盘起，戴上礼帽。女子一般在15岁时举行成年礼，叫笄礼。由女子的家长替她将头发盘起，插上一根簪子。无论是冠礼还是笄礼，都表示此人已经成年，可以成家立业了。

我们现在对成人的定义一般是18周岁，也就是高中毕业。最近，听朋友说起了她女儿的成人礼，让我十分感慨。

她说，女儿高三毕业时，学校为孩子们举行了一个类似古代成人礼的仪式，邀请家长们参加。那天，女儿半蹲着身子站在她面前，她用轻柔的手，将女儿乌黑的长发束起，插上一根美丽的簪子。

让她没有想到的是，插好簪子后，她女儿在她面前恭恭敬敬地跪了下去，向她深深地三叩首，并对她说："妈妈，谢谢你和爸爸的养育之恩。"她看到了女儿眼里含着的泪花。她完全可以肯定，这不是作秀，也不是走过场，而是女儿发自肺腑的真情流露。

她说，在那个庄严的时刻，她为女儿的懂事、体贴而欣慰，觉得女儿真的长大了。从此，无论女儿去哪里，她都可以放心了。

孩子，我也期待着，若干年后，我能像曾经亲手为你们戴上红领巾那样，再亲手为你们将乌黑的长发束起，插上美丽的簪子。当你们对我三叩首时，我会在心里幸福地想：“有缘与你们母女一场，此生无憾。”

2016 年 6 月 30 日

有些道理，需要我们去悟

亲爱的欢乐：

这一个多月来，我陆陆续续给你们写了10多封信，聊了爸爸妈妈对你们的爱，聊了阅读、思考、坚持对人成长的帮助。可是，唯独对于“教育”这个话题，我却迟迟没有和你们交流。因为，教育，实在是一个沉甸甸的话题。

很多人都说中国教育是失败的，最著名的就是“钱学森之问”。

2005年，时任国务院总理温家宝在看望钱学森的时候，钱老感慨地说：“为什么我们的学校总是培养不出杰出的人才？”

钱老认为，一个重要原因是，没有一所大学能够按照培养科学技术发明创造人才的模式去办学，没有自己独特的创新的东西，因此，就“冒”不出杰出人才。有统计数字表明，国家最高科学技术奖自2000年设立以来，到2010年时共有20位科学家获奖，其中有15位是1951年前大学毕业的。

“钱学森之问”包括两个层面：一是学校培养创造发明型人才的模式，二是创新创业型人才在社会上发挥作用、脱颖而出的机制。

然而，中国教育培养出的孩子，在考试方面的能力又确实是很强的。越来越多的中国孩子，高中毕业后就以优异的成绩通过 SAT、托福等考试，顺利进入国外名校。

如果说中国教育是一头大象，那么，作为参与其中的学生、老师、家长，或许都只是一个“盲人”。和“盲人摸象”一样，我们触及的，或许只是其中的一小部分。所以，中国教育的讨论，孰是孰非，真是莫衷一是。

今天，我想从一个小学生家长的角度，聊聊关于“教育”的一些感悟吧。

感悟之一：学习是长跑，不是短跑。

我们有许多父母，一直要求孩子不能输在起跑线上。甚至不仅不允许孩子输在起跑线上，还要求孩子抢跑。还未上学，就要学拼音、学汉字、学英语……其实，我也曾犯过这样的错。

记得姐姐读小学二年级，妹妹还在读幼儿园中班时，我让姐姐学硬笔书法。想想妹妹在家也没事，就让她跟着姐姐一起学。结果，有一次去兴趣班时，看到妹妹斜着身子、歪着脑袋，吃力地握着铅笔，在一个个“品”字格里依样画葫芦。因为妹妹不识字，也不知道这些字的笔画顺序，只好将写字当画画，真是难为她了。又比如，姐姐上幼儿园时，老师让她们做 10 以内的加法。放学时，别的小朋友做完可以回家了。姐姐却还在那里掰手指头，急得哭鼻子。那段时间，我每晚让姐姐练习数学题，她很苦恼，却又无奈。

后来，我渐渐明白，孩子的成长自有其内在规律。比如幼儿园阶段，孩子们喜欢在大自然中玩耍，玩各种好玩的玩具，看色彩丰富的绘本故事，用五颜六色的彩笔涂鸦……至于写字，由于孩子的手部肌肉还没有发育到位，握笔写字就会有点别扭。至于数学，因为孩子的抽象思维还没发展到一定程度，问她二加五等于几？她就一头雾水。上小学后，孩子手部肌肉发育好了，抽象思维也有了，于是，写字轻车熟路，加减乘除自然也就明白了。所以，在合适的年龄学习合适的技能，往往事半功倍，反之则事倍功半。

很多时候，是我们大人在“揠苗助长”。用“不要输在起跑线上”的观念，一直“折磨”着孩子。让孩子在该玩耍、该“玩中学”的年龄，被超负荷的“抢跑”压得喘不过气来。

12 年基础教育阶段，所有的努力都只是为了分数和高考。结果，一旦考上大学，仿佛就到了终点，一下子松懈了。本该好好学习、加速“充电”的大学阶段，却在浑浑噩噩的“放羊”中度过。或许，这也一定程度上可以回答“钱学森之问”的“为何真正成才的不多”。

其实，人生也好，学习也好，绝不是只需要爆发和冲刺的短跑，而是一场需要耐力、毅力和恒心的长跑。对于马拉松长跑比赛来说，是看谁第一个起跑？还是看谁笑到最后，顺利到达终点？

所以，真正的教育，不是不要输在起跑线上，而是不要输在终点线上。

感悟之二：先学做人，再学做事。

“再穷不能穷教育，再苦不能苦孩子”，这句耳熟能详的口号体现了国家和社会对教育的重视，本身是对的。但不知不觉中，家长们渐渐认为，对于孩子来说，学习知识是第一位的，只要学习好了，其他方面即使不好也没什么。如果学习不好，那就啥也别说了。

于是，我们身边出现了很多在校在家表现不一样的孩子，在校可以被评为“三好学生”，在家却可能是刁蛮任性的小霸王或小公主。

最近看了复旦大学历史系教授韩昇老师写的《越是喧嚣的时代，越要开启童蒙教育》，受益匪浅。韩老师说，正确的启蒙教育，首先应该传授给孩子的是品格的培养、人生的智慧，然后才是知识。

是的，品格和知识，有点像“本”和“末”的关系。从小就懂事孝顺的孩子，学习往往挺好，但学习好的孩子，不一定懂事孝顺。

一个孩子的品格好了，无论她将来做什么，都会有益于社会，有益于家庭；但如果品格不好，学的知识再多，长大后不仅不会对社会做出贡献，可能还有破坏性。

我们常说做人和做事的关系，应该是先学做人，再学做事。但问题是，因为应试教育的有形或无形压力，家长们往往将目光紧紧盯住了孩子的学习，无意或有意地忽视了孩子品格的培养。这或许就是中国教育的现状：在处理品格和知识的关系时，似乎有些本末倒置了。

希望你们懂得感恩，愿意用自己的力量去帮助需要帮助的人，让你身边的人因你的存在而变得更美好。

感悟之三：课本知识是一杯水，课外知识是海洋。

我给你们写过《唯书和时光不可辜负》《你思，故你在》等信，告诉你们，小学里的课本知识并不难，就像一杯玻璃杯里的水。和课本知识相比，课外知识是海洋。因此，希望你们不要满足于只喝玻璃杯里的水，要养成爱看书、爱思考的习惯，到知识的海洋里去尽情畅游。

不过，有些父母，觉得把这一杯水滴水不漏地喝下去更重要。他们会要求孩子每次考试都考 100 分，似乎只有这样，才能证明孩子把课内知识都搞懂了。

为了让孩子考 100 分，一些父母信奉“熟能生巧”的“题海战术”。除了学校老师布置的作业，再买来一大堆课外辅导作业，让孩子做得滚瓜烂熟为止。

我觉得，小学阶段，给孩子布置额外的家庭作业，或许会让孩子考试时更容易得到 100 分，但或许有这样三方面弊端：一是简单的题目重复做，本身就是浪费时间；二是挤占了原本可以让孩子看课外书的时间；三是为了减少做额外家庭作业的时间，孩子可能会“磨洋工”，长此以往，会降低做作业的效率。

据说，教育界有一个很有趣的“第十名现象”。统计发现，一个五十个人的班级当中，后来比较有出息的人通常在班级里面的成绩排名，是在十名前后。这些学生不是靠拼命努力，用了100%的精力拿到了第十名，而是只用了70%的精力考到了第十名前后，其余30%的精力，去学习课堂中学不到的知识或技能。比如博览群书，比如琴棋书画，比如体育运动……最终，这些十名前后的学生，凭着优良的学习功底和丰富多彩的兴趣特长，成为具有创新精神的创造性人才。

这个“第十名现象”给我的启发是，要关心孩子身心的“全面发展”，而不是死读书，读死书。

感悟之四：一个家庭中，不要把孩子放在第一位。

常听人说“爱之深，责之切”，还说“关心则乱”、“过犹不及”。当人们把孩子看得太重，反而会以“爱”的名义，干扰了孩子的正常成长。

比如，孩子想自己动手刷牙洗脸、穿衣吃饭，大人们却以“爱”的名义，心疼她，什么都帮她代办，只要她学习好就行。比如，孩子想和同学参加夏令营，过独立自主的生活，大人们却以“爱”的名义，怕她独自在外，吃不饱，穿不暖。于是，不舍得，不放手，不放心。比如，孩子长大了，想要拥有属于自己的空间，大人们却以“爱”的名义，偷窥孩子的日记、QQ聊天记录等隐私，企图掌握她的一切行踪，了解她交往的朋友，怕她被坏人带坏……

我想，这些，都是大人们把孩子看得太重的种种表现吧。

其实，大人们完全可以把孩子看成家庭成员中的普通一员。我常常和你们说：“爷爷奶奶、外公外婆的任务是养好身体，健康长寿，爸爸妈妈的任务是好好工作，赚钱养家，你们的任务是好好学习，练好本领。”你们一直就认为，读书是你们的分内事，是为自己读的，不是为父母读的。

平时，该让你们做的家务活，我一点都不包揽。在你们眼里，整理房间、收拾书桌、整理书包、帮大人洗菜、扫地、拖地等，都是你们应该做的。

我始终觉得，任何时候，不要把孩子放在第一位。一个父亲能为孩子做的最好的榜样，就是好好爱他们的妈妈。一个母亲能为孩子做的最好的榜样，就是好好爱他们的爸爸。这样的家庭关系，更有利于孩子的健康成长。

2016 年 7 月 2 日

二

生活无限

清贫的日子一样有滋有味

亲爱的欢乐：

一天，你们问我："妈妈，我们什么时候可以出国旅游啊？我们班有同学去过韩国、塞班岛、斯里兰卡啦！"我说："唔，真不错，我很羡慕你们这一代，这么小就全世界跑了。我第一次出国是25岁，爷爷奶奶外公外婆这么大年纪了还没出过国哦。"你们睁大了眼睛，似乎觉得不可思议。

当然，时代在变，生活条件在变，人类的活动半径也在变。我们不能拿上一代人的生活和你们这一代人比较，因为每一代人都有不同的生活方式，这样的比较对谁都不公平。

不过，对待生活和物质的态度，我觉得是相通的。所以，今天，我们来聊聊这个话题吧。

20世纪80年代，在我们那个小县城里，大多数人都过着清贫日子。我父母在一个国有企业上班。我出生后的第一个家，是在这个单位的职工宿舍楼。

那是一个筒子楼，共有 4 层，每层的两边，都是单间。长长的过道上，挤满了各家各户的煤饼炉和灶头，算是每家的简易厨房。父母是双职工，因此分到了三个单间，两间朝南，一间朝北。妈妈在朝北那个 6 平方米的空间里，用并不丰盛的食材，变出一家三口的一日三餐。

爸爸是家中独子，爷爷奶奶都在农村，妈妈有兄弟姐妹七人，外公外婆也在农村。因此，父母每月都会从微薄的工资中，省出一点钱寄给乡下的四位老人。

这样的日子无疑是清贫的。但在我的记忆中，因为父母的合理安排，日子一直过得有滋有味。

小时候，是长个子的年纪，袖子、裤腿转眼间就短了。但是，妈妈很少给我买新衣，而是买回很多毛线。每天晚上边看电视、边织毛衣。毛衣毛裤的好处是，可以拆了又织，织了又拆。妈妈有一双巧手，总是变着花样给我织杂志上的时新款式。在同学们看来，我的衣服算是光鲜亮丽的。

对于一日三餐，身为医生的妈妈很懂得营养搭配。晚餐桌上，主要是各种蔬菜小炒，有时有鱼，有时有肉，有时有蛋。周末时，妈妈偶尔会买几只螃蟹改善全家伙食。从小吃惯了的口味，一辈子都不太会变。我至今最爱吃的菜，依然是妈妈烧的菜。

20 世纪 80 年代中期，自行车还是很高大上的交通工具。爸爸省下几个月的工资，买了一辆 28 寸的上海永久牌自行车。我最享受的事情，就是周末晚上，爸爸用自行车载着我和妈妈，我在前，妈妈在后，一家人乐滋滋地去看一场电影。

记得有次看完电影回家，夜深了，马路上空荡荡的。爸爸炫耀他的车技，说可以双放手，保证车子不会倒。我和妈妈不相信，他就真的双放手了，结果车子差点滚到路边的田埂上去。有几次，我侧身坐在自行车前面的横档上久了，脚麻得厉害，下车后一碰地，就像针刺一样难受。妈妈就帮我揉啊揉，直到不麻为止。

读小学一年级那年，我们搬新家了。新家是父母单位建的公寓套房，有大、中、小三个户型，分别是 80 平方、60 平方、40 平方。根据工龄、职称、职务，父母分到了 6 楼的中套，两室一厅。

那个年代，装修是很简单的。经济宽裕些的人家，会铺木地板或塑料地毯，拮据一点的，就刷层油漆。我家刷了仿木纹地板的油漆。乍一看，还以为是木地板。或许，这就是清贫日子里父母的一点小智慧吧。

我从小就学会了独处。父母去上班时，我就一个人安静地在家里看书、写字。爸爸取笑我是古代的千金小姐，大门不出，二门不迈。搬到这个在六楼的新家后，我可以连续几天都不下楼。即使是炎热的夏天，邻居觉得顶楼的房子实在热得无法住人时，我依然泰然自若宅在家里。

一到夏天的午后，火辣辣的大太阳就赤裸裸地照射在我家屋顶和西边整堵墙上，室内被烤得像蒸笼一样闷热。那个年代，很少有家庭装空调，再热也只有电风扇和大蒲扇。我就打开大门，搬个小板凳坐在过道上看书。偶尔有过道风吹过，似乎有些凉意。

每年暑假，我都会从图书馆借回一摞摞大部头的中外名著，《红楼梦》《家》《春》《秋》《飘》《钢铁是怎样炼成的》《傲慢与偏见》《理智与情感》……陪伴我度过了一个个闷热的暑假。父母下班回家，看到我汗流浃背坐在门口看书，问我热不热，我总说不热。古人说“书中自有黄金屋”，我觉得书中自有清凉世界。于是，爸爸给我取了一个“耐温将军”的绰号。

晚上，虽然太阳下山，但暑气依旧笼罩在家里，无比闷热。父母有一套对付高温的好办法。第一招，爸爸用大水桶装满水，一桶一桶泼在阳台墙壁上。第一桶水泼下去的瞬间，能清晰地听到墙壁上冒出的“丝丝”声，水蒸气随之源源不断冒上来。泼过十多桶后，墙壁才会稍稍凉下来。等阳台地面上的水干了，爸爸就在阳台上放两条长凳，铺一个床板，躺在那里纳凉。第二招，我家楼下人家装了空调。妈妈在地板上铺了凉席，让我直接打地铺。不知是心理因素还是确实如此，我似乎能感受到楼下透过天花板渗透上来的凉意。

于是，夏日的夜晚，我们三人各睡一处，天南地北地聊着天。爸爸喜欢聊他从报纸上看来的各种新闻，妈妈喜欢讲唐伯虎、徐文长等民间故事，我总有问不完的问题。聊到高兴处，我们哈哈大笑。现在想想，那时的邻居真是好脾气，该“忍受”了多少年我们的大嗓门啊。

在那样一个个闷热的夏夜，没有空调，没有冷饮，但我们依然笑得那样单纯、那样爽朗。快乐，有时真的和物质无关。

19 岁，我考上了厦门大学，第一次出远门。从小到大，我只跟父母去过上海、杭州、宁波、绍兴等很有限的几个地方。厦门，感觉好远。但即使这么远，我也舍不得坐飞机，因为机票太贵。

大学四年，每次往返，我都选择坐火车。杭州—厦门的绿皮火车，座票全价 76 元，凭学生证可以打对折，只需 38 元。绿皮火车开得好慢，晃悠晃悠的。从杭州到厦门，要开漫长的 23 个小时。我连卧铺票都不舍得买，坐着打几个盹也就熬过去了。

大学期间，我一直觉得当自己无力赚钱孝敬父母时，至少要尽可能替父母省钱。于是，我给自己制定了一套消费标准：一日三餐伙食费控制在 10 元左右，一般早餐 2 元，中餐晚餐各 4 元，每月生活费控制在 400 元左右。

除了上课、泡图书馆、参加社团活动，我偶尔也会去做家教，赚一点零花钱改善生活。最有成就感的是，大二那年，我获得全校的华藏奖学金，奖金 3000 元，当时一年的学费是 3300 元。于是，我用这笔奖学金交了一年学费，并自豪地告诉父母，不用寄学费给我了。

现在想想，四年大学生活虽然过得清贫，但也正是这种清贫，教会了我如何过一种自律的生活，并从中获得了很多。比如，褪去喧嚣和浮华，我有了更多时间学习，有了更多时间思考，也有了更多时间为毕业后能找到一份满意的工作而好好努力。

孩子，最近，陪你们去银泰城吃披萨。从人山人海、人声鼎沸的银泰城出来，回家路上，我突然很想吃一碗番茄榨菜蛋花汤，再来一碟豆腐乳，就着一碗白米饭……其实，最简单的，也是最值得回味的。

如今，父母早已住在宽敞的新房子里，我却念念不忘那在6楼的小小的家。最近一次回老家，我一个人去看它。原本在我心目中无比高大的楼，如今却像老人一般，佝偻了背，缩小了许多。楼梯过道也忽然变小变窄了，我的一双大脚踩在台阶上，显得有些突兀。对于这个家，我将永远怀念。因为，这里有太多成长的记忆，点点滴滴，都是清贫日子里的小幸福，小快乐。

孩子，妈妈回忆了这么多，不知你们能理解其中的多少？我想告诉你们，只要我们身体健康，心态平和，不自怨自艾，不盲目攀比，清贫的日子一样可以过得有滋有味。

关键是，我们要有一颗对生活充满热情的心。相信自己，相信未来。

2016年7月5日

那些记忆中的味道

亲爱的欢乐：

刚写了《清贫的日子一样有滋有味》给你们。那封信里，我告诉你们：只要我们有一颗对生活充满热情的心，清贫的日子一样可以过得有滋有味。

今天，我想到，除了对生活充满热情，还需要爱。如果心中有爱，即使粗茶淡饭也有滋有味；如果没有爱，即使大鱼大肉、大富大贵，或许也会空虚寂寞吧。

我想写下那些记忆中带着浓浓亲情的味道，和你们分享。

小学时，最喜欢两种美食：一是经典早餐搭配——大饼、油条、豆浆，二是苔菜、面粉、糖拌在一起烤成的香喷喷的苔菜饼。

每天早上出门，父母会给我二两半粮票和五角钱。我总是雷打不动地买大饼和油条，且总是忠实地去学校附近同一家店铺买。卖大饼的是一位老奶奶，她的面团揉得好，大饼特别有嚼劲。老婆婆在面团上撒点葱花，抹点甜面酱，再挑一根炸得松脆的油条裹在里面。一口咬下去，又香又脆，口水直流。寒冬腊月，吃了这样一个热气腾腾的大饼油条，也顿时暖和了。如今，每次回老家，父母问我早餐想吃什么，我总是说大饼油条豆浆，一切如此完美。

说起苔菜饼，我想到的是补牙。因为从小喜欢吃甜食，所以有了很多蛀牙。我怕极了医院，怕极了医生。每次妈妈开玩笑说“不听话，就给你打针”时，我都吓得赶紧钻到桌子底下。每次去医院补牙，我也是一路担惊受怕，特别害怕那个针一样的设备在蛀牙上磨啊磨的声音，紧张得握紧拳头，手心冒汗。

医院附近有一家特别好吃的苔菜饼摊。这家师傅做的苔菜饼，苔菜放得特别多，一口咬下去，就能吃到馅。每次补完牙，妈妈都会给我买一个新鲜出炉的苔菜饼。吃了苔菜饼，口腔里那股难闻的药味就消失了，我的心情也瞬间大好。这些年，街头的苔菜饼摊越来越少，今后恐怕吃不到苔菜饼了。

除了这两样美食，保存在记忆深处的，还有很多和农村有关的、和我的外公外婆有关的味道。

从小学到高中，每年暑假，我都会去乡下的外公外婆家。外婆家门口有一口小井。傍晚，外公会到田里摘一个大西瓜，浸到井水里。晚上乘凉时，外公从井里取出西瓜。那种透心凉的清爽和自然甜的味道，真是解暑的神器。我一口气可以吃半个大西瓜。

在那淘气又嘴馋的年纪，我和小伙伴们一天到晚变着法子弄好吃的。我们会去山上摘一种绿色的野果，做成“青草豆腐”。用纱布裹着野果用力挤压，直到挤出墨绿色的汁液。一会儿后，墨绿色的汁液就会渐渐凝固成果冻状。舀一勺井水，并在“青草豆腐”里放点醋和白糖，那酸酸甜甜的感觉伴着井水的清凉，爽进了每一个细胞。

外婆家屋后是一个小山坡，长满了竹子。盛夏午后，我们用捆柴的棕绳系在两根竹子的竹节上，中间放上一个小板凳，就成了一个秋千。我们在竹园里荡秋千，渴了，就喝自己做的加了白糖的绿茶。味道绝对不亚于“娃哈哈”冰爽绿茶。

夏日晚上，村里偶尔还会放露天电影，或请草台班子演戏。每逢此时，全村人都像过节般兴奋。天还没黑，家家户户老老少少就把长条凳搬到晒谷场。一边摇着大蒲扇，一边聊着家长里短。我们小孩子们好动，看不了多少时间，就在晒谷场上玩起了“老鹰抓小鸡”和“躲猫猫”。外婆会给我零花钱，让我买白糖棒冰或赤豆棒冰吃。这根棒冰带给我的满足，不亚于今天吃“哈根达斯”。

在外婆家，我最爱干的活是烧柴火。炉膛里，柴火很旺。外公把番薯、玉米等食物放在炉膛边上烤，香味扑鼻而来。外婆在鸡蛋壳里装上一团冷饭，撒上一点葱花。烤一小会儿，香喷喷的鸡蛋葱花饭就好了。如今，外公外婆去世多年，每每想起这些美食，就无比想念他们。

还有一些美食，一些味道，和过年有关，和团圆有关。

每年过年前，父母都会在家里钳蛋卷。妈妈将很多鸡蛋揉进面粉，搅拌均匀。爸爸坐在烧得很旺的火炉旁，双手握着可以上下开合的钳蛋卷工具。妈妈负责舀面粉，爸爸负责火上烤。坐在一旁小板凳上的我，负责吃新鲜出炉的蛋卷。

除了蛋卷，还有粽子。裹粽子时，整个厨房里都弥漫着粽叶、糯米、红枣的香味，让人馋涎欲滴。妈妈擅长裹牛头粽和尖脚粽，我和爸爸打下手，煮熟、晾干。我最爱吃蜜枣粽，特别是蜜枣周围的一团糯米，又香又甜、又绵又糯。后来到厦门读书，发现当地人爱吃咸肉粽，我吃着吃着也爱上了。上完夜自修，我们一群女生嘴上说怕胖，却又忍不住大口吃着肉粽，那个吸引力，实在是挡不住。

有一年过年，年三十，爸爸买了一个用酒精灯烧的火锅，准备好好吃一顿年夜饭。妈妈将菜啊、肉啊都洗干净了，一盘盘装好，只等锅底沸腾就可以享受美食了。可是左等右等，迟迟没有动静，酒精灯的火焰烧得有气无力，要想沸腾看来是不可能了。第一次吃火锅，就这样以失败而告终。一家人自嘲着吃完年夜饭，乐呵呵地看春晚了。

最近，读了一篇文章，题目是《吃肉的日子》。文中有这样一段话："我走进这个城市大大小小的餐馆，不管是配料精良的小羊排还是普通的一道家乡菜，我始终尝不出肉的好滋味。闲暇时也试着做一些饭菜给自己，肉总是少了些滋味，永远不能恰到好处……原来，父母把最好的爱，都烹调进了吃肉的日子里，给了我。"

孩子，正如海外华人看《舌尖上的中国》，看到的不仅是美食本身，更多的是他们心底那份去国怀乡之情。同样地，我写下这些记忆中的味道，也不仅仅是味道本身，更是对亲情、对岁月的深深怀念。

虽然人们常说，人生有许多事情，就像船后的波纹，总要过后才觉得美。但此刻，我希望你们，与其等过后才觉得美，不如在当下就发现美，并珍惜这份美。

2016 年 7 月 10 日

一包荔枝和一道疤痕

亲爱的欢乐：

这几天，我出差了。不巧，妹妹感冒了，持续、反复地发烧。外婆劝妹妹在家好好休息，但外表瘦弱的妹妹，有一颗坚强的心，坚持每天上午去上学，中午让外婆来接。外婆说，好几个下午，妹妹高烧 39. 5 摄氏度，躺在床上睡得迷迷糊糊，但一觉醒来，必定会问："外婆，今天作业是什么呀？妈妈发短信给你了吗？"

我脑海中浮现了这样一个情景：一个小小的孩子，生着病，但仍坚持趴在书桌前，一笔一画地认真写作业。

自从提笔给你们写信，每一封信里，几乎都有我对过往的回忆。有朋友不解地问："这么多往事，你怎么都记得？"甚至连父母也惊讶地说："都是几十年前的事了，你怎么记得那么清楚？"是啊，我也奇怪，为何自己一直忘不了？

或许，我是一个感性的人，对生活中的点点滴滴容易动情，难以忘怀。记得曾经风靡天下的“柯达”广告中有句经典台词——串起每一刻，别让它溜走。我的大脑，或许就如柯达胶卷，拍摄并储存了许多往事。

因为欢欢的生病，我想到了自己童年的一场意外。

那年，我 7 岁，幼儿园大班。一天傍晚，妈妈在厨房烧饭，爸爸在阳台看报纸，我搬了一个小板凳，腻在爸爸身边玩。当时，我手里拿着一根掏耳朵的银针，一头圆，一头尖。

当我站在小板凳上玩得不亦乐乎时，突然，一不小心，板凳翻转了，我重重地摔了下来。可怕的是，我手里的银针竟然鬼使神差地斜插进了自己的脑袋。

妈妈事后回忆说，她在厨房听到我那声惨叫时，心里顿时“咯噔”一下，“出事了!”当她从厨房赶到阳台时，第一眼看到的，是我头上的鲜血正汩汩地往外冒。爸爸慌了手脚，还是身为医生的妈妈冷静，果断地说，快，赶紧送医院。

如今，30 年过去了，我依然清晰地记得，那个傍晚，爸爸拿出了所有力气，拼了命地蹬自行车，和时间赛跑。妈妈抱着我坐在自行车后座上。匆忙中，妈妈从沙发上胡乱拿了一件米色毛衣，裹在我的伤口上。银针，还嵌在我头上。鲜血，很快染红了毛衣。

送到医院时，值班医生是位刚工作不久的女医生。医生说，银针是斜插进去的，所以伤口有点长，要缝 4 针左右，为了伤口恢复得快，建议不使用麻药。

我无法形容那是怎样一种痛。只记得，爸爸妈妈紧紧拉住我的手，将我按在手术台上，医生在我头上飞针走线。我哭喊着说：“妈妈，痛，痛……”妈妈含着泪说：“忍着啊，你想吃什么？待会给你买。”我边哭边说：“我想吃荔枝……”妈妈说：“好的，好的，待会就买很多荔枝给你吃……”

或许这位医生刚工作不久，临床经验不够丰富，也或许我的哭喊让她更加紧张。在缝的过程中，医生的手似乎一直在抖，这更加剧了我的疼痛感。我拼命地喊：“阿姨，求求你，轻一点……”父母说，那一刻，他们心里比我还痛。

从医院回来，我头上的绷带绕了一圈又一圈，就像一个木乃伊。当晚，爸爸就去买了一大包干荔枝，是那种核只有米粒大小的糯米荔枝，真是好吃极了！

如今想来，当时手术台上的我，忍受疼痛的唯一动力，竟然只是吃荔枝。似乎只要能吃上荔枝，受这个罪也值了。在那个物质生活清贫的年代，吃荔枝，对我而言是一种奢侈的向往。我舍不得一下子吃完，每天只吃两三颗过过瘾。

妈妈是厂医，之后的很长一段时间里，我每天都去妈妈的医务室里，清洗伤口，换绷带。妈妈的同事们听说了我不打麻药就缝针的事，都夸我勇敢、坚强。

妈妈说，养病的日子里，我很懂事、很配合。比如，为了让伤口恢复得好些、快些，妈妈告诉我，有些食物是不能吃的。我记住了，不能吃的，坚决不吃。休息之余，我一个人安静地看小人书，从不说疼。妈妈说，7 岁的我，懂事得让人心疼。

当我吃完了一整包荔枝时，我头上不用再绑绷带了，伤口也基本痊愈了。不过，一道像蚯蚓一样的疤痕，永远留在了我的脑袋上。

孩子，今天这封信，似乎没有什么主题，也没有什么意义。只是，很想和你们分享我这段往事，仅此而已。

2016 年 7 月 12 日

“女汉子”是这样炼成的

亲爱的欢乐：

还记得那个周日吧？带你们去湖州的 HELLO KITTY 乐园玩。你们兴致勃勃地玩项目、看表演、吃美食，一个都不落下。下午 6 点回到家，匆匆吃过晚饭，7 点准时赶到乒乓球馆练球。8 点回家，你们整理书包，放好红领巾、校徽，刷牙、洗脸……搞定一切后，上床看书、睡觉。美好的一天又过去了。

这一整天里，我没有帮你们什么忙。你们自己玩，自己学，自己照顾自己，自己管理自己。你们，已经炼成为小小女汉子了。

曾经有段时间，大家在讨论孩子应该“富养”还是“穷养”。我觉得，与其讨论富养还是穷养，不如讨论“圈养”还是“放养”。

以前常说“穷人的孩子早当家”，是指生活艰辛时，大人们都要忙着对付生计，孩子从小就学会了照顾自己，照顾家人。

如今，生活条件越来越好，父母、爷爷、奶奶、外公、外婆都围着孩子转。某种意义上，孩子，成了大人们的“宠物”，成了“圈养”的对象。

我一直欣赏“放养”。在合适的时机学会放手，不仅可以将父母从繁琐细碎中解放出来，更重要的是，可以让孩子成长得更好。学会放手，需要父母的智慧。

我觉得我的父母是智慧的。他们从来没有对我娇生惯养，也不允许我身上有独生子女的娇气。

有一件小事，是父母常常提及的。我三四岁时，有一次，一家人在父母工作单位的食堂吃饭。爸爸买了我最爱吃的糖醋排骨和另外几个小菜。我把糖醋排骨挪到自己面前，一块接一块地吃。当爸爸也夹了一块排骨往嘴里放时，我不高兴了，说：“这碗菜只能我一个人吃。”妈妈马上批评了我，说：“菜是大家一起吃的，你这样很自私。”说完，就把糖醋排骨从我面前挪走了。我眼泪汪汪，但看到妈妈生气了，就明白自己错了。从此，再也没有这种自私的行为。

小时候，我是一个动手能力很弱的人。爸爸说我读书不错，干活不行。10 岁左右，爸爸决定锻炼我做家务的能力。

20 世纪 90 年代初，在我们那个小县城，煤气灶刚刚开始普及，家家户户仍然离不开煤饼炉和蜂窝煤。因为煤气比较贵，煤饼炉更实惠。要学烧饭，就要先学会给煤饼炉生火。第一步是划火柴。爸爸将火柴头在火柴盒上轻轻一划，“哧溜”一声，火苗腾地蹿起。胆小的我，怕烫伤手，不敢划。爸爸说：“没事，大胆划。点着后，记得把火柴头朝上拿，这样火苗会向上烧，不会烫到手指的。”我鼓起勇气试了几次，感觉没有想象中那么危险，也就学会了。

学会了点火柴，接下去，就是用火柴点燃报纸，扔进煤饼炉，再倒进一小畚斗炭。等炭烧起来了，就用钳子将蜂窝煤放进煤饼炉。等炭烧尽，记得将上面的蜂窝煤和下面的蜂窝煤的孔对齐，这样火苗才旺，煤也烧得彻底。

从小学三四年级的暑假开始，生煤饼炉、烧饭、洗菜等活，我都会干了。一般来说，每天父母下班前一小时，我就开始生煤饼炉，烧开水。然后，淘米、烧饭，并用淘米水洗菜，洗好装盘。等父母回家时，饭熟了，开水有了，只等妈妈系上围裙，炒几个小菜就好。

后来，我学会了做番茄炒蛋、醋溜土豆丝、清炒四季豆之类的小菜，烧饭时顺便蒸个鸡蛋。或许是为了保护我的积极性，不管好不好吃，父母总是说好吃。

后来，初中、高中的暑假，我不仅包揽了厨房里的家务，还顺便把全家人的衣服洗了，把地板拖了。看着父母下班后舒舒服服地吃我烧的菜，我很有成就感。

父母不仅锻炼我做家务的能力，还锻炼我干农活的能力。外公外婆都在乡下，每年暑假，我都会去乡下住上半个多月。在乡下，外公外婆带我去田里干农活，去山上摘茶叶，去地里挖白术（一种中药材）。一个暑假下来，原本白嫩的我就变成了一个“黑妹”。

现在想来，满满都是快乐。

我记得，我奶娘家的地里种了很多黑皮红瓤的西瓜。一到晚上，怕被人偷，就让我们一群小孩去西瓜地里的茅草屋守夜。我去过几次，兴奋的我们呀，哪里睡得着，一个劲玩闹。最可恨的是驱之不尽的蚊子，全然不顾我们点着的艾草，照样把我们咬得满头大包。后来，读到鲁迅先生《故乡》中描写少年闰土的那段文字——深蓝的天空中挂着一轮金黄的圆月，下面是海边的沙地，都种着一望无际的碧绿的西瓜。其间有一个十一二岁的少年，项戴银圈，手捏一柄钢叉，向一匹猹用力地刺去——感觉似曾相识、分外亲切。

还记得，跟着表姐们去山上摘茶叶。天才蒙蒙亮，瞌睡未醒的我，一路头重脚轻地跟着表姐上山。茶叶沾着露水，山野间的空气沁人心脾。表姐说，摘茶叶要摘“一叶一芽”，这样的茶叶炒好后看相好，可以卖个好价钱。我们一人一个小篮子，一刻不停地摘。太阳出来，露水干了，我们收工回家吃早饭。

从家务劳动到田间地头，父母就这样把我练成了“女汉子”。所以，高中毕业离开父母去远方求学，对我来说是小菜一碟。除了第一次去大学报到时是妈妈陪我去的，此后的四年，无论回家还是返校，我都独来独往。有几次，行李太多，我坐火车、转汽车时，带着大包小包一路小跑全不依赖别人。

我从父母那里学到了放手的智慧，也决定当一个会放手的妈妈。你们，也欣然接受了我的放手。

大概从你们 3 岁开始，我就让你们学会自己穿衣、刷牙、洗脸、吃饭。5 岁，让你们自己洗澡。7 岁，让你们自己洗头发。淋浴房里，姐姐举着花洒，帮妹妹淋湿头发。妹妹紧闭双眼，小手认真地揉搓头发，直到满头都是白色泡泡。冲洗时，妹妹用一块干毛巾捂住眼睛，任凭姐姐冲洗，不哭不闹，十分配合。洗完头发，姐妹俩互相帮忙搓背，洗得可认真了。如今，你们会帮我洗菜、切菜、洗衣服、洗汽车……我越来越可以“坐享其成”了。

你们上小学后，我告诉你们：“学习是你们自己的事，爸爸妈妈要忙工作，你们要管好自己的学习哦。”我没有为你们整理过书包，也没有帮你们检查过作业。渐渐地，你们养成了自觉做作业、预习、复习等良好的学习习惯。

更重要的是，你们还爱上了看书。逛书店或泡图书馆，成了我们共同的爱好。你们已经懂得，课本知识像一杯水，课外知识像一片海洋。光是掌握了课本知识，其实远远不够。要多读课外书，去海洋里畅游，才能感受这个世界更多的精彩。

我一直觉得，如果在该对孩子放手的年龄，父母因为不放心而错过了，那么，等孩子进入青春期后，父母再想给孩子立规矩、养习惯，或许需要花费更多的精力。而且，青春期的叛逆心理，或许会让亲子关系更为紧张。

我相信，已经成为小小“女汉子”的你们，在今后的人生路上，会拥有更独立的空间、更自主的能力、更从容的步伐。希望你们像“女汉子”那样，眼界宽一点，眼格高一点，不容易被诱惑，不轻易被打败。

2016 年 7 月 15 日

自己种的土豆特别香

亲爱的欢乐：

最近，你们外公打来电话，告诉你们，过年时你们帮外公一起种的土豆，长势喜人。等你们暑假去外婆家时，外婆会用土豆给你们烧各种好吃的。

刚从地里挖出来的土豆，带着一种令人着迷的新鲜。醋溜土豆丝、椒盐烤土豆、清炒小土豆、土豆炖排骨……味蕾仿佛一瞬间就被土豆激活了。

挂完电话，你们一脸兴奋，憧憬着暑假快点到来，去地里看看你们亲手种的土豆，多有成就感！

我想起了你们种土豆时的情景。老家附近有一块荒地，堆满了大大小小许多石头。过年前后，外公说，这么好的地，这样荒废着太可惜。因为你们爱吃土豆，就决定把荒地平整好种土豆。

在外公的带领下，你们将小石头一块一块捡干净，用小锄头锄地、松土。外公在平整好的泥土里铺上一层草木灰，你们将一个个发芽的土豆埋入泥土里。冬天的太阳晒得人暖洋洋的，外婆在一旁端茶递水，你们光着脚丫，裤腿高高卷起，小脸蛋红扑扑的，劲头十足地劳动着。

这样的经历，我也有。每逢暑假，我就去乡下，跟着我的外公外婆去田间劳作。摘西瓜、摘茶叶、挖白术……晨光熹微，我们在沾着露水的茶叶丛中穿梭，小心翼翼地用指尖摘下一片片嫩芽。要多少个清晨，多少个人工，才能换来一斤茶叶啊！因为经历过，所以明白每一片茶叶背后的艰辛。所以，每次喝茶，总要喝到淡而无味时才舍得倒掉。

小时候背古诗，有两首诗，印象特别深。一首是宋代诗人张俞写的《蚕妇》："昨日入城市，归来泪满巾。遍身罗绮者，不是养蚕人。"一首是宋代诗人梅尧臣写的《陶者》："陶尽门前土，屋上无片瓦。十指不沾泥，鳞鳞居大厦。"

这两首诗的含义，其实是一样的。那些耕作在田间地头的劳动人民，过着食不果腹、衣不蔽体的悲惨生活。而那些远离泥土、远离劳作的人，过着养尊处优、奢靡华丽的生活。他们永远无法懂得劳动者的艰辛，也就不会珍惜唾手可得的一切。

如今，你们生活在一个多么好的时代。国家富强，社会安宁，大多数人过上了衣食无忧的生活。身为"祖国的花朵"，爷爷奶奶、外公外婆、爸爸妈妈都呵护着你们，你们自然而然失去了劳动的机会。我想，这其实是另一种"残缺"。你们的一双小手，除了拿画笔、玩玩具，也有权利和义务去劳动。

曾国藩有一个著名的“三看”论。他说，看一个家族的孩子前程如何，只看三点，就知道个大概。一看是否早起（修身），二看是否做家务（齐家），三看是否读圣贤书（正心）。曾氏家族是名门望族，家仆无数，但曾国藩仍要求子孙们自己的事情自己做，督促他们养成勤劳的习惯，这个习惯会让人受益终生。

于是，我也有意识地让你们一起做家务。比如，每半个月帮我洗一次汽车。原本，我可以到洗车店洗。但我觉得，周末我们自己动手洗，也别有一种乐趣。我负责擦车顶和车轮，你俩负责擦车身。你们擦得很仔细，从上到下、从左到右擦，一遍不够，再擦第二遍。看着擦洗后闪耀着红色光芒的车子，你们自豪地说：“汽车和人一样，洗澡后就精神多了！”

平时，我们在奶奶家吃饭。到了周末，我们一起去超市买菜，回家一起动手做。你们最爱吃番茄煮螃蟹，爸爸负责洗螃蟹，你们负责洗番茄，切番茄，我负责下锅炒，并用小火炖上一会。晚餐桌上，当我们吃着鲜美的番茄螃蟹汤时，这种满足和自豪，是大饭店里也体会不到的。

如果有时间，我喜欢用手洗衣服，并让你们一起洗。特别是棉、麻、真丝等面料的衣服，用手轻轻揉搓，在清水中漂洗干净，温暖，安心。记得有一个晴朗的冬日，我们一口气洗了十多件毛衣、外套。暖阳下，看着晾衣杆上那些随风摇摆的小小的衣服，我默默地想，你们一年年长大，洗这些小衣服的日子，也是稍纵即逝啊。

太阳好时，我让你们帮我一起晒被子。你们说，闻着被子上太阳的味道，特别容易入睡。或许，太阳的味道，也是母亲的味道。

孩子，就像你们种土豆的“一分耕耘一分收获”那样，任何劳动，只要你付出汗水，就一定会有收获。你们自己种的土豆特别香，你们用双手劳动后收获的喜悦，一定是“饭来张口、衣来伸手”时无法体验到的。请相信并用好你们的一双小手，用这双手，去创造属于你们自己的幸福生活吧。

2016 年 7 月 18 日

有些“苦”，需要你自己去尝

亲爱的欢乐：

在一个暴雨如注的早晨，我开车送你们去上学。车外，大雨瓢泼，车内，无风无浪。透过被雨点“噼里啪啦”敲击的车窗，我看到路人撑着伞、弓着身，在积水中费力地行走着。

那一刻，我想起了小时候，我就是这样走路上学的。我明白在大雨中走路被淋湿后的滋味，你们呢？习惯了坐在温室一样安全舒适的车内上学的你们，想必无法理解这种滋味。

这，其实也是一种缺憾。

你们每天放学后都去托管班做作业。傍晚六点左右，爷爷来接你们坐公交车回家。从托管班到公交车站台，大约要走七八分钟。某一个下着暴雨的傍晚，我本想开车来接你们，但转念一想，这正好可以让你们体会一下风雨交加中走路的滋味。于是，就仍让爷爷来接你们。

晚餐桌上，你们叽叽喳喳地诉说着雨多么多么大，在雨中走路多么多么麻烦，鞋子从里到外都湿透了。姐姐说：“在站台等公交车时，左等不来，右等不来，肚子饿得咕咕叫，真是又冷又饿。”妹妹说：“一辆辆出租车从面前开过，就是不肯停，真着急。”那顿晚餐，你们胃口特别好，破天荒地吃了两大碗。

我一边认真地听你们讲，一边在心里偷着乐。在风雨交加的夜晚，又冷又饿地回家，对你们来说，或许就是一种“苦”了。这种“苦”，绝对不是你们坐在汽车里能感受得到的。这种“苦”，应该多尝尝。

很多年后，当你们回忆童年往事时，和爷爷一起雨夜挤公交车回家的经历，一定比坐在爸爸妈妈的汽车里舒舒服服回家的经历，更让你们难忘。

和“同甘”相比，“共苦”更让人刻骨铭心。

你们是21世纪出生的“00后”。毫不夸张地说，你们是在蜜罐里泡大的一代，几乎没有机会尝尝“苦”是怎样的滋味。因此，有意识地利用一些机会，让你们吃点“小苦”，一直是我想做的事。

最近一次坐高铁的经历，让你们感受到了“辛苦”。那趟高铁，是从湖州回绍兴。因为没有提前订票，结果只买到了站票。由于乘客太多，不仅没有空位，甚至连站脚的地方都没有。好不容易在车厢连接处找到一点空隙，我从包里找出两张报纸，铺在地上，让你们席地而坐。和你们一起席地而坐的，是一对去台州的年轻夫妻。他们和你们聊天，你们有礼貌地回应，还拿出零食和他们分享。

“百年修得同船渡，千年修得共枕眠”，我一直觉得，人与人之间，相逢就是缘。虽然我们和这对夫妻，下了高铁后，或许今生都不会再见，但能在高铁上一起度过半个多小时的时光，就是一种缘分。

我们到绍兴后，头上飘着蒙蒙细雨，没人来接，我们决定坐快速公交（BRT）回家。等候多时，BRT 终于来了。姐姐一个箭步跨上公交车，找到一个座位，我们三人挤在一起。到站下车，从 BRT 站台到家，还有一段路要走。不巧的是，雨越下越大。我随身只带了一把雨伞，一时也打不到出租车。我撑着伞，走在中间，你们一左一右，紧紧搂着我。伞太小，无法遮住我们三人。你们的衣服、裤子、头发，马上都被打湿了。这时，姐姐主动说：“妈妈，我用塑料袋罩住脑袋，你把伞多移一点给妹妹吧。”在雨中一路小跑回家时，你们还替穿高跟鞋的我担心，问我好不好走、要不要紧？那一刻，我很感动。你们没有向我叫苦叫累，反而一直想着我。

到家时，我们三人都成了落汤鸡。但我们的心情，就像患难与共的战友，凯旋而归。我们，很棒！

正如我在信的前面提到的，你们生长在物质宽裕的时代，想要什么，长辈们基本上都能满足你们。如果一切都来得太容易，你们对什么都不会太珍惜。

相反，如果让你们多尝尝一些“苦”，有意识地过一种有所“节制”的生活，那么，你们会倍加珍惜你们得到的一切，也会对你们拥有的一切心怀感恩。

所以，孩子，有些“苦”，需要你自己去尝。当你尝过后，你才会明白，你得到的“甜”，来之不易。

2016年7月20日

既然总有遗憾，不后悔

亲爱的欢乐：

你们为暑假去哪里玩而纠结，想去西安，想去贵州，还想去韩国，觉得每条线路都好，但假期时间有限，无法全部都去。你们报兴趣班时也有这样的烦恼，想学国画，想学素描，想学水粉，但课余时间有限，无法同时学这么多。

每每这时，我都会说，既然每一个选择都不错，那就不要纠结，选其中任何一个都好。即使有遗憾，也不要后悔。

张爱玲在《红玫瑰和白玫瑰》中刻画出了人们选择中的两难。“朱砂痣”和“蚊子血”，“明月光”和“饭黏子”，无论做出何种选择，都会觉得放弃的那个似乎更好，更让人怀念。

米兰·昆德拉在《不能承受的生命之轻》中写道：“人永远都无法知道自己该要什么，因为人只能活一次，既不能拿它跟前世相比，也不能在来生加以修正。没有任何方法可以检验哪种抉择是好的，因为不存在任何比较。一切都是马上经历，仅此一次，不能准备。”

是的，人生是一出没有彩排的话剧，是一条没有回头路的单行线。无论我们怎么活，或许都有遗憾。但是，请不要后悔我们在人生十字路口做出的选择。因为，每种选择，应该都是当时权衡利弊后的最佳方案，至少，是利大于弊的方案。

我大学毕业那年，就曾站在这样一个十字路口，面临多种选择，并一度陷入困境。有很多遗憾，但至今都不后悔。

厦大历史系是全国重点学科之一，每年有50%左右的保研比例。根据大学期间各科成绩，我可以保送复旦大学。因为喜欢隋唐史，我很憧憬成为复旦大学隋唐史大家韩昇老师的研究生。如果不出意外，应该就这样决定了。

正在此时，外交部来厦大招人。外交部让学生先向各系报名，由系里把关后再推荐一人参加外交部组织的面试。当时的我，忽然就想起了高中时的那个外交官梦想。经过系里的筛选，我有幸进入了面试。

面试那天，走进面试考场，看到两位温文尔雅的考官。他们问我的第一个问题是：“你平时看新闻吗？关注国家大事吗？”我说：“偶尔会看看报纸。”第二个问题是：“最近国家主席在访问哪些国家？”我老实回答：“最近没及时看报，不太清楚。”第三个题目是，考官给了我四幅漫画，有关中国游客在国外的种种不文明行为，让我即兴发表评论。面试结束，我觉得自己肯定没戏，因为连国家主席的行程都不知道，怎么算得上关心国家大事？

不久后，我们去泉州参加毕业实习。泉州是海上丝绸之路的起点，元朝时鼎盛，有“世界宗教博物馆”之美誉。我们参观了郑和下西洋的巨船残骸，膜拜了老子塑像，感受了闽南农村的祭祀文化……一天下午，带队老师接到了系里的电话，说我已通过外交部面试，让我赶紧返校，参加外交部最后一轮专业测试。

赶回系里后，老师告诉我，参加外交部的专业测试和保送复旦大学研究生，两者只能二选一，让我考虑下。我想，如果选择保研，虽然很稳，但失去了进外交部的机会；如果选择外交部，即使最后失败，我仍可以参加研究生考试。于是，在别人诧异的目光中，我放弃了复旦大学保研资格。

外交部的专业测试地点在广州外国语大学。从未去过广州的我，只身一人坐上了开往广州的大巴车。躺在逼仄的通铺中，我思绪翻腾，久久无法平静。当与梦想只有咫尺之遥时，人最容易患得患失，忐忑不安。

颠簸一路后，到了广州。我凭借地图找到了广州外国语大学，可是学校招待所已满，无法入住。偌大的校园，偌大的广州，一切都要靠自己。或许是初生牛犊不怕虎，我背着行囊，沿着学校门口一直往前走，找到了一家小旅馆，安顿了下来。

第二天一早，我精神抖擞地到达了考场。考试一开始，我就懵了。录音机里传来英国 BBC 电台主持人纯正流畅的播音，我却听得好费力。英语听力一直是我的弱项，此刻，更是羞赧之至。然后是阅读，好像是《纽约时报》的一篇新闻。我对阅读比较有把握，心才渐渐安定了下来。考完后的心情，说不上高兴，也说不上糟糕，只觉得身体有点被掏空了。对于结果，我不敢想，也不想想。我回到了厦大。

等待结果的日子，最无所事事。就像悬浮在空中的羽毛，不知飘向何方。同学们，有的安心保研，有的刻苦考研，有的努力找工作……只有我，不保研，不考研，也不找工作，傻等着结果。

终于知道结果的那一刻，我反而释然了。全校只有一名法语专业的学生被录用，其余人都被淘汰了。很多老师、同学替我可惜。那时的我，说不难过是假的，但也并没有想象中那么难过。我对自己说，既然是自己的选择，就不要后悔，我有信心考上复旦大学。

于是，第二天，我就加入了考研的队伍。报了名，买齐了考研资料，开始了泡图书馆的日子。有时，图书馆关门了，我继续在公共教室里熬夜。清冷的月光中，拖着一身的疲惫回宿舍，日复一日。

这样的日子持续了半个多月。很多个夜晚，我扪心自问，读研，意味着将来会在历史学研究的路上走下去，而我，真的适合做学问吗？我觉得自己更像一个好奇的孩子，什么都想学一点，但什么都不精深。而做学问，需要很强的信念和天分，具体到历史学研究，需要有对历史的宏观把握和理性思辨，而不只是在故纸堆里做文章。没有大格局的历史研究，或许只是自娱自乐。我明白自己不是这块料。

于是，再一次在同学们不理解的目光中，我退出了考研队伍，决定安心找工作，开始一种不同于象牙塔的全新的生活。

我设计了一份简洁明了的求职简历。除了常规的内容，还附上了大学期间在《厦门日报》《厦门晚报》《厦门大学报》等报纸上发表的文章。带着这份求职简历，我走上了毛遂自荐之路。

因为喜欢文字，我把求职目标锁定在出版社、杂志社、报社等单位。当时十分喜欢广西师大出版社，不曾考虑它在离家千万里的桂林，就果断寄出了我的简历。2002 年底，该出版社负责招聘的同志来厦大参加某学术会议，约我面谈。巧的是，在 2001 年 5 月 20 日的《广西师大报》上，我的《道德理想国的构建》和他的《我的书缘》刊登在同一个版面上。他哈哈大笑说，原来，我们早就在报纸上认识了！相谈甚欢，他约我 2003 年元宵节后去桂林和出版社领导见面。如果没有意外，就可以到出版社工作。

2003 年春节回家，我和父母说了广西师大出版社。他们觉得这个单位虽然好，但毕竟远了点，但看我喜欢，就尊重我的想法，鼓励我去试试。

陪父母过完元宵节，买好了从上海到桂林的火车票。到上海后，去看望复旦大学的韩昇老师。

到了韩老师家，吃着师母煮的热腾腾的汤圆，我向老师汇报着我对未来的打算。韩老师沉吟片刻，说："你是家中独女，远去桂林，你们一家人就不能像这汤圆一样团团圆圆了。工作，不能完全为自己考虑，也要为父母、为你将来的子女考虑。”听了韩老师这一番语重心长的话，我迟疑了。

知子莫若母，知生莫若师。我考虑再三，决定退票，并给广西师大出版社的领导发了一条短信，对他的厚爱表示深深的感激，对我的爽约表示深深的歉意。

于是，大四第二学期，继续找工作。那段日子，我频繁奔波于杭州、绍兴、福州、厦门，参加了厦门日报社、杭州日报社、绍兴日报社、厦门图书交流中心等单位的招聘。被同学们称为“面霸”的我，只有参加杭州日报社的招聘时被淘汰。其他，都通过了。

最后的焦点是在厦门日报社和绍兴日报社之间做一选择。父母让我自己决定。在某个夜晚，望着宿舍窗外澎湃的大海，我忽然开始想念烟雨江南。于是，决定回到家乡。乡音，总是让人感到亲切、温暖。

孩子，妈妈给你们讲了这样一个长长的故事，不知你们听懂了多少？妈妈只是想告诉你们，既然人生无论怎么活，都会有遗憾，那么，就不要后悔当初所做的任何选择，认真地投入地过好此生，就好！

2016 年 7 月 24 日

选择，或许没有你想的那么重要

亲爱的欢乐：

某天，上班路上，听到电台里传来这样一段话："你的一个选择，并不足以决定你的人生质量，你一直以来的状态才是决定因素。凡事用心，凡事尽力。我相信用心的人，全世界都会为你让路。"

听到这段话时，我正开车行驶在一条笔直的路上，一眼望去，没有尽头。

此前，我一直觉得，人生十字路口的选择很重要。所谓的"性格决定命运"，就是指不同性格的人，在人生十字路口的选择会不一样。套用经济学的"路径依赖"原理，就是说，人们对过去的选择，决定了现在和未来的可能选择。所以，每一个选择，都很重要。

但当这段话飘入我耳中时，我心里"咯噔"了一下。忽然觉得，这么多年来，我是否刻意夸大了"选择"的重要性？

最近一次回厦门，和大学校报的编辑老师聊天。他说，当年，你可以留在我们校报编辑部工作，也可以去桂林那家你一直喜欢的出版社工作，但最后，你还是选择回家乡的报社工作了。

我说，是啊，大四那年，刚开始找工作时，年轻气盛，无知无畏，心里似乎装着全世界，任何求职机会都不想错过。但最后做决定时，还是从“理想”回归到了“现实”。

老师若有所思地说：“你从读大学到现在，身上一直有一种对生活的热情和认真。我想，当年无论你选择去哪里，从事哪份工作，应该都会过上你想过的生活。”

人生只有一次，没有彩排，也无法重来。所以，对于不同选择带来的结果，我们其实无法比较。但听了老师这番话，我在心里暗忖，厦门、桂林、绍兴，无法简单判断孰优孰劣。或许只要认真地去做，都是不错的。

最近，和某朋友聊天。朋友感慨，孩子填报高考志愿时，和没有选择相比，选择越多，反而越难。

我理解朋友的意思。现在的高考志愿，和我参加高考的那个年代相比，选择空间多了很多。以朋友孩子的成绩，可以选择某些985、211重点高校，也可以选择香港、台湾的高校，还可以选择西交利物浦大学等中外合作办学的高校，或者更远一点，漂洋过海去读国外的高校。

除了学校的选择，专业的选择，一样让朋友犯难。因为朋友孩子个性比较文静，朋友建议孩子学医、学会计，或者当老师。孩子不置可否，比较迷茫。

我劝朋友说，现在已经不是“一考定终身”的时代了。你和孩子看中的这些学校，最终无论去哪一所，都很好。至于专业，其实也没有严格的冷门和热门之分。在全球一体化的时代，各行各业都面临着兴衰更替的考验。和学什么相比，更重要得是，学得怎么样。

和偶尔一次选择相比，我们一直以来的状态，明显要更重要得多。

现实生活中，其实一直不乏这样的例子。有些一贯学习很好的孩子，不幸在高考中“败走麦城”，或者在填报志愿时“剑走偏锋”，去了自己不喜欢的学校，读了自己不喜欢的专业。但是，四年后，他们依然考上了心仪学校的研究生，或者，依然找到了他们心仪的工作。

因为，这四年中，他们一直没有放弃对自己的要求，一直保持着“对美好生活充满向往”的初心和状态。

所以，与其对一次选择的正确与否耿耿于怀，还不如不忘初心，一直保持一种不辜负自己的生活状态。这样的生活状态，就像一个强大的磁场，无论你走在康庄大道上，还是羊肠小道中，都会持续地稳定地向你发出信号，帮你导航到那个你想去的地方。

孩子，妈妈希望，无论将来你们面临何种选择，并作出了何种选择，都要保持一种积极的生活状态。这种生活状态，是对自己有所要求，是不辜负岁月，是“莫等闲，白了少年头”。

保持这种状态，好好走下去，这将会是你们值得拥有的一生。

2016 年 7 月 26 日

你的眼里，有我曾经的样子

亲爱的欢乐：

某晚，我和小学同学 H、Y 微信聊天，得知 H 最近又喜得一女。大家哈哈大笑说，太巧了吧，我们三人，每人都生了两个女儿，这缘分！

我们三人是从小的朋友，如今，H 在杭州，Y 在新昌，我在绍兴，有好多年没聚在一起了。但奇怪的是，无论多少年不见面，我们依然可以在微信里聊得火热，一如当年三个梳着麻花辫的小女生，放学后在操场边，一边吃两毛钱的雪糕，一边叽叽喳喳说个没完。

聊天结束时，我们约定，今年暑假，我们必须带着 6 个小姑娘，好好聚聚啦。

你们说，我和阿姨们聊天时，一个劲傻笑，偶尔还手舞足蹈，好开心啊。

是的，孩子，在这些阿姨眼里，我或许还是 20 多年前的那个黄毛丫头，就像她们在我眼里，也是当年那个不谙世事、一派天真的小姑娘啊。我们能从彼此眼里，看到自己曾经的样子。

如果说，人一生中经历的每个阶段，都像一趟列车旅行，那么，人的一生，就要在一个又一个车站上上下下，在上上下下的过程中，会不断认识一些新朋友，也不得不告别一些老朋友。

但是，真正的朋友，即使空间上已不在同一趟列车上，心里却依然会彼此牵挂。在日复一日、忙忙碌碌的平常日子里，偶尔空下来时，我会忽然想起，那个谁，有多久没见面了？

那一刻，即使久未联系，心头依然温暖如初。那些曾经在同一趟列车上携手前行的情景，仿佛就在眼前。

那一刻，或许会发一个短信，或许会发一首对方喜欢的歌，或许，什么都不做，只是在心里祝愿，一切安好。

孩子，如果你们能认识并拥有这样的朋友，那么，你们的人生旅途将不会寂寞，你们的烦恼将有人倾听，你们的喜悦将有人分享。你们，即使遭遇人生的低谷，也不会孤独、无助。

从你们上幼儿园那天起，我就用欣赏的目光期待着，希望你们会遇到这样的朋友。

今年 4 月，是姐姐的十周岁生日。姐姐说，想挑选一个和生日接近的周日，邀请小伙伴们一起聚聚，我欣然同意。姐姐拟好了邀请函，发给她的小伙伴们。

某晚，我收到了某位小伙伴的妈妈发来的一条短信。她说：“周日下午，女儿本来是要上英语兴趣班的。但女儿说，兴趣班每周都有，但乐乐的生日一年才一次，而且是十周岁生日，意义不一样。我赞同女儿的想法，帮她向老师请假了。没想到，女儿看到我的举动后，眼泪哗地流下来了。”我马上回复说：“你女儿一定是被你的善解人意感动了。”她说：“我是被小朋友们的友谊感动了。”

同样地，妹妹也有了自己的朋友。每当有小伙伴来家里玩时，平时说话细声细气的妹妹，嗓门瞬间提高了八度，玩得可嗨了。你们喜欢翻箱倒柜，找出我的围巾、发夹、裙子，甚至床单，五颜六色地裹在身上，在床上走猫步，搞 T 台秀。或者，玩你们永远玩不厌的“过家家”游戏，一会当妈妈，一会当宝宝，一会当医生，沉浸在各自的角色中，玩得不亦乐乎。

这次去厦门旅游，你们三个小女孩整天腻在一起，有说不完的悄悄话。晚上 10 点多了，还不肯回各自房间睡觉。我和另一个妈妈商量，决定让你们三个孩子睡一个房间，我们两个妈妈睡另一个房间。你们兴奋地一蹦三尺高，充满了“小鬼当家”的新鲜感和自豪感!

在这无忧无虑、天真烂漫的年纪，小伙伴之间的友谊，就像是彼此的小太阳，让你们的童年充满了光与热。一起学习、一起玩耍、一起成长，多好。

当有一天，你们长大些，再长大些，或许是小学毕业，也或许是初中毕业、高中毕业，你们不断告别过往，不断开始新的人生旅程时，那些曾经陪伴你们长大的朋友，会在你们心里深深扎根。就像我、H、Y 三人的友谊，早在 20 多年前，就已播种、生根、发芽……

写着写着，忽然，想起了周华健的《朋友》——“朋友一生一起走，那些日子不再有。一句话，一辈子，一生情，一杯酒……”

想起了曾经万人空巷的电视剧《渴望》的主题曲——“有过多少往事，仿佛就在昨天。有过多少朋友，仿佛还在身边。也曾心意沉沉，相逢是苦是甜。如今举杯祝愿，好人一生平安……”

想起了曾经席卷我们青春的校园民谣《那天》——“说了世上一无牵挂为何有悲喜，说了朋友相交如水为何重别离，说了少年笑看将来为何常回忆，说了青春一去无悔为何还哭泣……”

2016 年 7 月 28 日

不负身体，方不负自己

亲爱的欢乐：

昨晚，你们说想听我读写给你们的信，但我好困，倒头就睡着了。其实，这是连日熬夜码字后身体发出的警告信号。身体告诉我，必须好好睡一觉了！今早醒来，顿感神清气爽，五脏六腑都舒坦了。所以，今天，我想和你们聊聊身体，聊聊健康。

你们有没有发现，当我们打开新买来的冰箱、洗衣机、电视机等家电时，都会有一份使用说明书。根据说明书合理使用家电，家电就不容易坏，使用寿命也会更长。反之，则会接二连三出点小毛病，没几年就报废罢工了。那么，我们的身体，有没有这样的使用手册呢？当然有，只是平时我们很轻易就忽视了它。

你们的外婆是医生，从我懂事起，她就告诉我三条养生之道。一是不能挑食。现在可以吃的食物，都有其不可代替的营养。所谓“五颜六色、五谷杂粮、五脏六腑”，是指吃五颜六色的蔬菜和五谷杂粮，才能养好身体的五脏六腑。二是再爱吃的食物，也不能多吃。比如我很爱吃蜜枣馅的粽子，但每次都很自觉地只吃一个，因为吃多了不容易消化，又比如巧克力等高热量的零食，也很有节制地吃。三是每天睡足十小时。从小学开始，晚上七点半，爸爸看完新闻联播，我就知道该去洗脸刷牙了，八点准时上床，第二天早上六点半起床。充足的睡眠，不仅可以让孩子长高，还可以让孩子变聪明。

除了这三个方法，你们的外公还告诉了我第四个方法：要开心。无论遇到怎样的挫折和不开心，都要学会自我安慰，要有一点阿 Q 精神。因为，人的一生，和健康相比，其他都是小事，没什么大不了。

你们的外公不到三十岁时，曾经得过一场大病。很多人都以为他过不了那个坎，但他对自己的身体充满了信心。活下去的强大信念支撑住了他。2006 年，他回母校参加大学毕业 30 周年同学会。很多知道他曾生病的老同学喜出望外，连连夸他不容易。

我想，你们的外公能恢复得这么好，除了及时的治疗和后期的调理，还有一个很重要的法宝，就是好心态。

我心目中的爸爸，是一个与世无争、自得其乐的人。他在我们那个小县城的国有企业当了一辈子画图纸的技术员，日复一日，认认真真做好本职工作，从未将职务升迁放在心上。听到同事们叫他一声“吕师傅”，他就很开心、很知足。

爸爸有他丰富多彩的精神家园。他有很多兴趣爱好：练书法、种花、养鸟、钓鱼、集邮、拉二胡、唱越剧、写文章、养盆景、打乒乓球……印象中，上小学时，爸爸接送我上学、放学途中，总是一边骑自行车、一边哼歌。听得多了，我也心血来潮，说想学《红灯记》中的“提篮小卖拾煤渣，担水劈柴也靠她，里里外外一把手，穷人的孩子早当家”选段。爸爸马上兴致勃勃教我。结果，学了好几天，“提篮小卖”的“卖”的拖腔依然学不像。后来，我又想学越剧《梁祝》中的“我家有个小九妹”选段。爸爸耐心教我，但我也是一路跑调，最后那句“终于留下小九妹”的“妹”的拖腔总是唱不准。爸爸笑说，唱歌不能靠蛮力，你是天生的“硬喉咙”，不够婉转。

爸爸写文章也是一把好手。我的作文启蒙老师，一位是小学五年级的语文老师，另一位就是爸爸。从五年级开始，在老师和爸爸的鼓励下，我开始向《少年儿童故事报》等报纸投稿。我写好，爸爸帮我改，老师帮我投。印象中，《我们不愿做温室里的鲜花》《人间自有真情在》《于微细处显真情》《断粮风波》《签字》等见报或在作文比赛中获奖的文章，爸爸都帮我润色过。有一次，爸爸让我在文章中加一句“迎头赶上”，我改好后拿去给他看，他哈哈大笑。原来，我写成了“硬头赶上”。爸爸说，看来你想练铁头功啊！

还有书法，爸爸也是当成一件正事来做的。记得他曾报名参加一个远在山东的书法函授班，临摹过王羲之的《兰亭序》、欧阳询的《九成宫》、智永禅师的《千字文》……爸爸一有空就会在报纸上练，练满意了才写在毛边纸上，邮寄到学校请老师批改。老师提出修改意见后再寄回，爸爸再继续练。妈妈开玩笑说，我家的报纸全身都是宝，不仅可以看，还可以写，最后还可以卖（废纸）。

还有养鸟、种花、钓鱼、养盆景这些事，爸爸也都玩得像模像样。爸爸曾养过一只画眉鸟和一只芙蓉鸟。画眉鸟非但没有“张敞画眉”的含情脉脉，还特别凶悍警觉。一有人靠近，它就在鸟笼里上蹿下跳。芙蓉鸟名如其“人”，像芙蓉花一样温婉美丽，细声细语，我见犹怜。画眉鸟吃荤，爱吃一种养在面包屑或米糠里的小虫，俗称“面包虫”。芙蓉鸟吃素，爱吃黄灿灿的小米。于是，我家的床底长年放着一个大大的蛋糕盒，盒子里是满满的米糠，米糠里是一条条蠕动的“面包虫”。现在想起，依然感觉鸡皮疙瘩都要起来了，真是挺瘆人的。本来很胆小的我，那时也会学爸爸的样，用镊子夹起“面包虫”去喂画眉鸟，那时的画眉鸟最温顺。还有一段时期，爸爸热衷于去山上找各种稀奇古怪的树根，拿回家藏在床底，说是要做盆景。我和妈妈调侃爸爸，爱好太多，床底都不够用了。

高三学习最紧张的时候，我常常做作业到深夜 11 点，有时甚至到 12 点，睡眠严重不足。爸爸总是提醒我，身体是革命的本钱，一定要注意身体。如果身体搞垮了，其他都是空的。我记得自己好像振振有词地说：“老师说此时不搏，更待何时？现在辛苦点，高考以后就可以痛痛快快地睡个好觉啦。”爸爸说：“那怎么行，每天都要睡个好觉，否则身体会吃不消。”大学里，每次给我写信，爸爸总不忘提醒我，出门在外，注意身体，该吃的吃，该用的用，不要太节省，身体最重要。

曾经觉得爸爸太唠叨，但随着年岁渐长，颈椎、腰椎、膝盖，各种小毛病接连不断地冒出来，终于越来越觉得爸爸的叮嘱是对的。也渐渐觉得，最忠实于自己的，原来是自己的身体。每天，每时，每刻，身体调动五脏六腑，有条不紊地工作着：牙齿帮我们咀嚼，胃帮我们消化，心脏帮我们循环血液，双手帮我们做事，双腿带我们去想去的地方……我们真该对自己的身体好点，再好点。

所以，孩子，不要熬夜，这样会干扰五脏六腑的正常休息；不要暴饮暴食，这样会扰乱胃的正常工作；不要在水泥地上剧烈弹跳，这样会损伤你们稚嫩的脚踝；不要生闷气，这样会郁结在心里，伤肝伤心………这些，或许就是妈妈想送给你们、也送给自己的“身体使用手册”吧。

2016 年 7 月 30 日

稀罕自己的“臭皮囊”

亲爱的欢乐：

陪你们一起在电脑上看《小学生安全教育视频》，有一段话很有意思：“小朋友，你的背心和短裤遮住的地方，不能让别人摸哦!”今天，妈妈就和你们聊聊，怎么看待自己的身体和容貌，也就是这副“臭皮囊”吧!

20世纪八九十年代，我从小到大接受的教育，都是告诫我们，女孩子不能打扮，不能追求漂亮，要艰苦朴素，要追求心灵美。当一个女孩学习不好时，如果她长得丑，大人们会叹息说这孩子可能比较笨吧。但如果她凑巧长得漂亮，那么，大人们就会说，这孩子心思都花在打扮上，怎么读得好书呢!

因此，那个年代，大人们喜欢的是读书好又艰苦朴素的孩子。美，有时反而是负担。

记得小学时，春末夏初，我们一群女孩子，想穿裙子但又不敢成为全班第一个穿裙子的人，生怕被人说“臭美”，就约好同一天穿。每次妈妈织好一件新毛衣，让我第二天穿去学校，我高兴之余，也会发愁。新衣服会不会惹来同学的注意和议论呢？那些年，妈妈为我织过许多漂亮的毛衣，红底配小黄花的圆领毛衣、黄底配白色波浪纹的翻领毛衣、浅紫色带蝴蝶结的套头毛衣……对于那时的我来说，美，不敢张扬。

大学里，我的兴奋点似乎都在泡图书馆和写文章这两件事上。对于穿着打扮，有些漫不经心。记得大二那年初夏，天气一天天热了，我没有合适的凉鞋。就写信给爸爸，说："最近学习忙，没时间逛街，让妈妈帮我买一双凉鞋寄过来吧。"妈妈果然寄了一双平底凉鞋过来。我一点都不挑剔款式是否好看，合脚就行。

厦门四季如春，冬天最冷时也有10度左右。我常年的衣着主要是牛仔裤、T恤、针织衫、毛衣，最冷时再加个外套，简单到可以每天都不需要考虑穿什么。舍友经常开玩笑说："你背着书包，风风火火，不是往图书馆跑，就是去自修教室，哪像个女大学生？"我还有点丈二和尚摸不着头脑，问女大学生应该怎样呢？舍友说："女大学生，应该穿一袭长裙，踩着中跟或高跟皮鞋，怀里抱着几本书，最好是言情小说之类的，袅袅婷婷、婀娜多姿地走在校园里。"我马上说："走这么慢，那多浪费时间啊！"舍友叹息说："你这人没救了。"

即使是大四疯狂找工作时，也不曾对穿衣打扮格外用心。参加外交部面试时，也无非是黄色条纹T恤和黑色长裤。后来参加了一系列面试，成了同学眼中的"面霸"。她们好奇地问我："面试时穿了什么？通过率这么高。"我总是说："平时穿什么，面试时也穿什么呗。"那些面试攻略中的着装准则，我真的一条都不知道。

十多年后，我也当了好几次面试考官。看到小伙西装笔挺、白衬衫袖子恰到好处地露出西装一截，或者姑娘一身套装、尖尖的衬衫领子恰到好处地贴在套装领上，才恍然大悟，这才是面试攻略中的着装准则。

也记得大学时做家教有了收入，特地给自己买了一条浅紫色毛线长裙，但不懂得拿什么上衣去配，就胡乱找了一件嫩黄色针织开衫。现在想来，当我这样嫩黄、浅紫一身走在校园里，该是多么艳俗、多么乡气，真想找个地缝钻进去得了。那时的我，对审美和品位，缺了很多学分。

我的改变，是到报社工作后。试用期，带我的师傅是报社公认的时尚达人。她瞅着我说："你首先要改变着装和发型，形象很重要。"我也觉得工作了，确实不能再像个素面朝天的学生妹，至少要像 office lady（白领）吧！

于是，工作之余，我就跟着师傅逛逛逛、买买买。跟着师傅，我知道了色彩搭配的"三色"原则——从头到脚最好不要超过三种颜色，花衣服除外；知道了要买款式简单的经典单品，可以百搭，且不容易过时；知道了衣柜里必须要有一件蕾丝花纹的打底衫、一件风衣、一件羊毛或羊绒面料的大衣……

记得当时记者流行穿风衣，一个干练的职业记者的形象，似乎就是牛仔裤和风衣的组合。营销界有这样一个经典案例：

某风衣品牌在 11 月 8 日的记者节时，推出了向记者免费送风衣的公益活动。不久后，街头出现了很多穿着该品牌风衣的记者。路人觉得很有范，也纷纷效仿购买。于是，该品牌成功打开市场。

我不知道该案例是否真实，但可以肯定的一点是，我也喜欢上了风衣，并买了长短不一的多款风衣。

半年后，父母来绍兴看我。一走进我宿舍，老妈就大吃一惊，问客厅门口一字排开的高跟鞋、中跟鞋、尖头皮鞋、鱼嘴鞋、运动鞋都是谁的？我说我的呀。老妈说，大学里连一双凉鞋都不会买，工作半年，这改变也太快了吧！老妈不知道，这半年，我在恶补“美”这门必修课。

杨澜说：“没有人有义务通过你邋遢的外表去发现你内心的美好。虽然明白身体和容貌只是臭皮囊，但我还挺稀罕自己的臭皮囊。”

现实生活中，真正“邋遢”的人或许并不多，但穿着不得体的现象还是挺普遍的。如果我继续一身大学生装扮，去政府机关采访，显然是不得体的；如果我一袭长裙，踩着高跟鞋，跑到农村采访大爷大妈，显然也是不得体的；如果我上班、运动、旅行时都是一样的着装，显然也是不得体的。所以，我对美的理解，是“得体”。我所努力的，是让自己成为一个得体的人。

孩子，妈妈鼓励你们学画画，也是希望通过画画，让你们拥有一双善于发现美的眼睛，能对自己的穿着有一个基本的审美和品位。也因此，学校要求你们佩戴红领巾时必须穿有翻领的衣服时，我举双手赞成。试想，如果你穿着一件无领 T 恤，红领巾套在脖子上，一不小心就会跑歪。显然，这是对红领巾的不尊重，也是着装不得体的表现。

前几天，陪你们去吼山玩。一路上，你们不断地为油菜花的嫩黄、桃花的粉艳、柳叶的浅绿点赞。你们连连惊叹大自然是最好的画家，在春天的大地上画出了如此美好、如此和谐的一幅画！

是的，孩子，世界很美，请稀罕世间一切美吧！包括我们自己的“臭皮囊”。

2016 年 8 月 1 日

你有趣了，生活才有味道

亲爱的欢乐：

端午节假期，我和闺蜜带着你们三个小朋友，组成了两大三小的妈妈团，在厦门玩了三天。

回来后，有朋友问我："看你的朋友圈，行程挺丰富，应该花了不少钱吧？"我脑子里迅速盘点了一下厦门之行的开销，包括交通、住宿、吃喝玩乐在内，开销不超过5000元。朋友很惊讶，说：花钱不多，玩得这么丰富？

和我同去厦门的闺蜜也说，之前她已经去过厦门数次，但都没有这次玩得有味道。

我想，旅行也好，生活也好，有没有味道，开不开心，有时并不和钱成正比。如果我们愿意做一个有趣的人，那么，生活，处处都有味道。

这次回厦门，距离我2003年从厦门大学毕业，已有13年。为了让你们原汁原味地体验我读书时的感觉，我特地安排住在厦大校园内的留学生公寓。

坐了6个多小时的高铁，到达厦门时已是深夜。匆匆安顿好，你们疲倦地睡着了。我却莫名地兴奋，在脑海里计划着接下去几天的行程。

第二天一早，你们还在酣睡，我悄悄走出公寓。空气中弥漫着一种清香，一种棕榈树和榕树混合在一起的香皂一样的清香。我不禁惊叹，原来嗅觉也是有记忆的。

这个气味，太熟悉不过了。熟悉到只要闻着这个味道，那些年在这个校园里的青葱岁月都会一一重现。厦大没变。在这个日新月异的时代，不变比变更难能可贵，也更让人感慨万千。

路过学生餐厅，看着青春年华的男孩、女孩手里拿着牛奶，啃着面包，边吃边聊，我不禁想起了曾经的我们。那时，正是长个子的年纪，胃口特别好。我们一群吃货，以吃遍厦大餐厅为己任，乐此不疲地给各餐厅打分数、排位置。当时自己很喜欢吃某个餐厅的潮汕卤味，但价格偏贵，一周只舍得吃一次。平时，每餐大多只买一荤一素。晚上看完书，如果饿了，就买一个大肉粽当夜宵。那个年纪，真是吃什么都特别香。

路过当年的女生宿舍楼，房子没变，变的是门口多了一道“铁将军”。门卫阿姨说，游客太多，为确保女生宿舍安全，必须凭学生证刷卡才能进入。我在门口徘徊良久，最后决定放弃。看与不看，宿舍楼始终在我心里。

路过当年的“三家村”，这是当年校园中最热闹的三岔路口。遗憾的是，当年我经常光顾的书店已经不见了，空留一个厦大学生活动中心。那时候，每月生活费有限，舍不得买书，就经常站在书店看书。每天看一点，看完放回书架，第二天继续看。我喜欢看的书大多是历史人文类，被买走的概率似乎不高。于是，就总有得看。印象最深的，是站在这里看完了北大才子余杰的《火与冰》《说，还是不说》《想飞的翅膀》等当时脍炙人口的好书。

等我在校园中逛完一圈回到公寓，你们刚醒。你们或许不知道，对我而言，这个早晨，有种跨越时空的快乐和满足。

我常常觉得，能否在生活中感受到快乐，很多时候，并不一定是你有多少钱，也并不一定是你有多少闲，而看你是否是一个有趣的人。一个有趣的人，可以将平常日子过得活色生香，可以忙里偷闲，也可以苦中作乐。

还是回到这次厦门行。我们去了鼓浪屿，在岛上喝张三疯奶茶，吃虾扯蛋、蟹黄包，看一对对情侣在美丽的南洋建筑旁拍婚纱照。走得累了，刚好遇见一位擅长画肖像的漫画家。于是，我们坐在他逼仄的楼梯间里，每人画了一幅搞笑的漫画。第一眼觉得不太像，但越看越像，因为神似。

我们还租了三辆双人自行车，在夕阳余晖中，迎着徐徐海风，从厦大白城一路骑到曾厝垵。你们用力踩自行车的小小的身影，被夕阳投射在地上，好美。骑得累了，我们在音乐广场小憩。每人捧着一个硕大无比的新鲜椰子，用吸管轻轻一吸，清凉甘甜的椰子汁瞬间滋润了舌尖，流入了心田，真是人间美味。

在厦门的最后一个晚上，我们穿着飘逸的长裙，耳后发梢别着美丽的鸡蛋花发卡，在海边散步、聊天、逐浪。你们三个小女孩，在沙滩上玩沙、挖坑、嬉戏……没心没肺地笑成一片。此情此景，让我想起了鼓浪屿的名言——时间，是用来浪费的。我想补充一句："时间，是用来和有趣的人一起浪费的。"生活，就像一盒巧克力，你永远不知道下一颗是什么味道。会对生活充满好奇和热情，会对下一颗巧克力充满期待和憧憬的人，是一个有趣的人。

让我欣慰的是，你们，也正渐渐成为有趣的人。某晚睡前聊天，姐姐伸了一个懒腰，惬意地说："我觉得每一天都很开心。比如，周一有我喜欢的毛笔课，周二有我喜欢的品德课，周三有我喜欢的游泳课，周四晚上可以打乒乓球，周五晚上可以看《奔跑吧，兄弟》，周末嘛，就更不用说了……"妹妹也连忙附和，说："我也这样觉得。"

孩子，人生只有一辈子，一辈子其实很短。做个有趣的人，努力去发现生活中的种种美好吧。请记得，当你有趣了，生活才有味道。当你待生活以诚意，生活，也必将回赠你乐趣。

2016 年 8 月 5 日

你能在石头上睡觉吗？

亲爱的欢乐：

6 月，骄阳似火。比骄阳更焦灼人心的，是高考。

有朋友烦恼地告诉我，她女儿的成绩，比重点线高出 20 多分。她希望女儿报考浙江省外的“211”高校，可是，女儿不想离家太远，坚决要留在省内。“省内高校分数都很高，志愿很难填，唉。”朋友叹着气说。

其实，像我朋友女儿这样不愿意离家太远的孩子，特别是女孩子，不在少数。

我们为人父母的，是否需要反思，当我们为孩子们创造了越来越舒适的生活环境时，我们的孩子，是否已不像山涧野草那样具备强大的生命力，而越来越像温室中的鲜花了呢？

我说的生命力，不只是身体健康，而是一种“物竞天择，适者生存”的能力，一种在陌生环境里能迅速适应、迅速融入的能力，一种无论身处顺境、逆境都能从容应对的能力。

这种生命力从何而来？台湾“云门舞集”现代舞团创始人、被誉为20世纪最伟大的编舞家之一的林怀民先生，为了演绎中华传统文化的神韵，体验天人合一的境界，经常让舞者们在河边被水冲刷得光溜溜的大石头上躺下来，放松身体，看谁能先睡着。他告诉演员们：“你们一定要完全放松身心，让肌肉顺应石头的弧度，把石头变成一张天底下最舒服的床。”居然，舞者们做到了，他们先后安然入睡。

舞者们能在石头上安然入睡，其中有一种“禅意”。我引用这个故事，更多地是想告诉你们，能在石头上睡觉的人，一定是一个能巧妙找到人与环境融合方式的人，也一定是一个生命力极强的人。

和你们这一代人相比，我觉得，我们这一代人的生命力似乎更强，更容易随遇而安。随遇而安，很多时候，不仅是一种心态，更是一种生命力。

我读小学五年级那个暑假，父母送我去富阳舅公家，让我跟着舅公学书法。那个年代，交通还不方便，父母从未带我去过舅公家。12岁的我，要独自在舅公家住一个月，我其实是有些忐忑的。

到舅公家后，我倒是很快适应了在舅公家的生活。舅公舅婆都是退休教师，和蔼，慈祥。没多久，我和舅公的外孙女也成了好朋友。我俩年纪相近，同吃同住。一起练书法、做作业，一起睡午觉、看电视，一起和左邻右舍的小伙伴们，捉迷藏、丢手帕……

一个月很快就过去了。离开舅公家时，我已没有林黛玉初进贾府时的胆怯，取而代之的，是满满的回忆和留恋。回家后，父母欣慰地说："今后，你可以出远门了。"

高考填志愿时，我毫不犹豫地选择去远方。最后，机缘巧合，去了美丽的海滨城市——厦门。

四年大学期间，每次寒暑假，来回往返，我都能自己搞定。唯独第一次去学校报到时，妈妈想顺便去厦门旅游，就陪我一起前往。

到厦门后，妈妈认床，晚上睡不好。我却一沾枕头就睡，且一觉睡到天亮。几天后，妈妈要回家了，我送她到宿舍楼下。她说："看你这几天吃得香，睡得好，适应能力挺强，一点都没有水土不服的样子，我可以放心回去了。"那时的我，就像一株山涧的小草，好像放到哪里都能茁壮成长似的。

2001 年，我还自告奋勇去了远在吉林长春的东北师范大学，交流学习半年。那半年里，我一如既往地皮实得很。从江南水乡到东北黑土地，同学们担心我可能会不适应，但我入乡随俗，很快就爱上了东北菜。

东北菜的特点是大杂烩、一锅炖，量足味美，就像东北人的性格——实诚。那半年里，我吃了小鸡炖蘑菇、猪肉炖粉条、土豆包心菜、干煸茄子、石锅拌饭、韩国冷面……如今想来，仍让我馋涎欲滴。父母开玩笑说："好像没听你说过哪个菜不好吃，把你扔在哪里，你都能活得很好。"

到报社工作后，整天东奔西跑。工作环境和采访对象，跨度可以很大。或许上午还穿着正装，在市政府里开会，采写会议报道，中午就找个小面馆匆匆吃碗面，换一双平底鞋，挤公交车去某个乡镇调查群众来信。无论是哪个状态，我都乐在其中。因为，这些，都是工作，都是生活，也都是经历。

最近这次去厦门游玩的三天里，我们住在厦大校内的学生公寓，走到哪里玩到哪里，遇到什么就吃什么。我们自嘲说，我们可以讲究，也可以将就。我们可以住五星级酒店，吃豪华大餐，也可以住学生公寓，吃路边摊，而且，在学生公寓里睡得香甜，在路边摊吃得满口生香。我们，是生命力顽强的“小强”。

孩子，生活就是如此。真实的生活，不可能永远一马平川、风和日丽，总难免有风，有浪，有高潮，有低谷。一生之中，不可能一直是无忧无虑的童年，总要经历青少年时的拼搏和中壮年时的担当。

孩子，妈妈希望，不管在人生的哪个阶段，你们不仅可以在舒适的“席梦思”床垫上酣然入睡，必要时，也能在石头上安然入眠。当你们适应了生活，生活也一定会在某个时刻，给你们一份惊喜。说不定，就在下一个转角路口……

2016年8月10日

心中盛开善意的花

亲爱的欢乐：

最近，外婆给你们每人买了一套运动装。姐姐藕粉色，妹妹玫红色。你们穿上后，我由衷地赞叹："外婆眼光真好，这衣服真漂亮！"外婆听了很开心，说："看来，我这个老外婆眼光还没有过时啊！"你们听了，心里也美滋滋的，这几天特别喜欢穿这套衣服。

之所以提这个小事，是想告诉你们，我们每时每刻都会发生的"说话"，怎么说，说什么，很重要。说话婉转，有如春风拂面，温暖贴心。真心诚意地赞美别人，会让对方心情舒畅，开心一整天。

现实生活中，父母和孩子之间的沟通，很多时候，是有问题的。面对父母喋喋不休的唠叨和批评，孩子或许会说："你说的都对，但我不喜欢你说话的方式。"说话的方式不对，即使内容是对的，对方也未必听得进去。

那么，我们该怎么说话呢？我喜欢浙江卫视的《新闻深呼吸》节目，喜欢这个节目的价值观——善意、理性、建设性，也喜欢评论员舒中胜老师反复说的一段话：“因为善意，所以温暖。因为理性，所以共鸣。因为建设性，所以被认同。”

用善意的眼光看待身边的人和事，真心诚意地赞美对方，是我从小就欣赏的说话方式。

20世纪八九十年代，我常去父母工作单位的食堂吃饭。父母一般会买三四个菜，一荤两素或两荤两素。总有这样几个阿姨，走过我们座位时，会对我们的菜点评一番：“呦，你们真节约啊，才吃这么一点？荤菜多买点嘛。”每每此时，父母都打马虎眼，一笑了之。

小时候，妈妈喜欢给我织毛衣毛裤。我穿着毛衣毛裤去妈妈单位，总有几个阿姨会说：“你妈怎么总给你穿旧衣服啊！太节约了。”妈妈解释说：“小孩子个子长得快，毛衣毛裤，可以拆了再织，实惠。”

听得多了，渐渐明白，或许这些阿姨也没有什么恶意，只是她们长期形成了这样一种说话方式，喜欢评头论足、说长道短。在她们眼里，我父母是双职工，收入稳定，食堂里吃饭时，应该多买几个荤菜，给女儿的穿戴，应该再阔绰些。其实，我父母两人有限的工资收入，除了一家三口日常所需，还要照顾四位老人，其实是比较拮据的。

对于他人的评论，父母看得很明白，他们说：“各家有各家的打算，日子是自己过的，就让别人说去吧。”

或许因为我不喜欢听别人这样说话，所以，在很多长辈眼里，我从小就很懂事，虽然话不多，但说的话让人听了很暖心。

比如，过年时去乡下做客，长辈们做点心给我吃，我总是说："好吃，好吃。"吃得干干净净，一点都不浪费。这是长辈们的一片心意，我爱吃，他们会更开心。有一次，表嫂烧了一大碗鸡蛋豆腐皮榨面，我吃了一半，实在吃不下了。表嫂说："没事，剩着吧。"我说："这么好吃，我一定吃完，不能浪费。"父母也说我是个"好好先生"，对于吃的，穿的，用的，我总是说"好的，好的"，很容易满足。

或许有人觉得，什么都说好，会不会是虚伪？我觉得不是。因为当我们带着善意去看待我们遇见的人和事时，我们很容易发现对方身上的好，且是发自内心的。

有这样一个故事：宋代大文豪苏轼非常喜欢谈佛论道，和佛印禅师关系很好。有一天，他登门拜访佛印，问道："你看我是什么？"佛印说："我看你是一尊佛。"苏轼听了飘飘然。佛印问苏轼："你看我是什么？"苏轼想为难一下佛印，就说："我看你是一坨屎。"佛印听后默然不语。苏轼得意地回家，向苏小妹吹嘘自己如何一句话噎住了佛印禅师。苏小妹听了直摇头，说："哥哥，你的境界太低。佛印心中有佛，看万物都是佛。你心中有屎，所以看别人也都是一坨屎。"

心中有佛，看万物都是佛。心中充满善意，就容易发现他人的好。所以，发自内心地赞美他人，不是虚伪，而是温暖，是心中有他人，处处有好意。据说，国外某知名时尚杂志的主编，走在路上，遇到她认为着装搭配有水准的女子，就会真诚地走过去，对她说："或许我们今生不会再遇见第二次，但今天，我想告诉你，你很美！"她不吝惜她的赞美，相信听到这句赞美的人，也会如沐春风吧。

同样地，批评孩子时，如果是善意的，一定更容易让孩子接受。心理学家张怡筠女士，建议父母和孩子沟通时，要"轻松说道理，明确讲做法"。要善意地提醒，而非讽刺、嘲笑。要理性地沟通，而非乱发脾气。批评孩子不是目的，让孩子认识到自己的不足从而改进，才是目的。

我相信，当我们听到别人给我们提出善意的批评时，我们不仅不会生气，还会欣然接受。我们会明白，别人指出我们的问题，是为了我们好。

孩子，让我们心中盛开善意的花，在人生路上不断看到希望，感受温暖。用善意的目光，看一路风景。

2016年8月16日

生命不可或缺之“厚”

亲爱的欢乐：

孩子，许多次，你们问我：“人为什么会死？每个人都会死吗？”是的，任何生命，从它出生那一天起，就在一步步走向死亡。死亡，是所有生命的最终归宿。

生命的“长度”是有限的，且无法由我们自己决定。然而，生命的“厚度”可以无限，且掌握在我们自己手中。

今天，我想和你们聊聊这个话题。

如何让我们的生命更有“厚度”？我想到了两个字——体验。一切体验，都是经历。一切经历，都可以增加生命的“厚度”。一个人的生命“厚度”，很大程度上影响着一个人的生命质量。

我们常说，世界上最浩瀚的是海洋，比海洋更浩瀚的是天空，比天空更浩瀚的是人的心灵。人的心灵真的比天空和海洋更浩瀚吗？不一定。很多时候，我们一边嘲笑着“井底之蛙”，一边不知不觉充当着“井底之蛙”。

要让心灵比天空和海洋更浩瀚，或许需要我们一辈子的修行。经历，阅历，是很好的修行。

有很多事情，纸上得来终觉浅，绝知此事要躬行。比如说，天空，大海，到底有多大？没有亲眼见过，真的无从想象。

我的家乡是一座山城。目光所及之处，是山。目光的尽头，还是山。山后，也还是山。真是走不出的大山。上大学之前，我没有看见过真正的大海。听说大海是一眼望不到边的，海的尽头还是海，没有山，是我无法想象的。在我的经验中，目光的尽头，怎么可能没有山呢？

直到我 19 岁那年，去厦门读大学，才第一次看到了大海。才真的相信，原来，真的有尽头没有山的风景。赤脚漫步海滩，海天的剪刀剪断了我凝望的视线。海在天空下大幅地、悄悄地摆荡着、叹息着，锲而不舍地讲述着宇宙洪荒，生命的开始与终结、存在与凋落。

诗人余光中曾写过这样一首诗：“徘徊在潮来潮去的海峡，追不尽生生死死的浪花，开开落落在顽石的绝壁，永恒，刹那，刹那，永恒，思亲如海渺无涯。”

在厦大校园里学历史，在厦大校园外看大海。渐渐觉得，岁月和大海都是伟大的。前者无始无终，后者无边无际。所谓沧海人生，就是茫茫无际的大海，漂泊无定的人生。如果说我比同龄人更早熟些，或许就是受了大海的影响。四年的海边生活，让我明白，悲欢如尘沙，得失如草芥，人生如过客，唯大海永存。

除了大海，璀璨的星空，也给了我心灵的震撼。

小时候的夏夜，仰躺在阳台上的长条板凳上，手里摇着蒲扇，两眼望着天空，试图找出银河两端的牛郎星和织女星，却总是徒劳。一直觉得自己的地理课没学好，脑中的天文知识少得可怜，永远分不清大熊座和小熊座，也记不住猎户座和天蝎座。任何星座在我眼里，仿佛都是一样的。

长大后，小时候看星空的记忆似乎已离我们远去。灯红酒绿的大城市已经没有星空，取而代之的，是永远闪烁的霓虹灯。当我给你们唱“一闪一闪亮晶晶，满天都是小星星”时，我在心里感叹，你们其实没有看到过那些真正的亮晶晶的小星星啊。

直到某年夏天，我去了新疆喀纳斯。在喀纳斯最让我激动的，不是那些在油画里曾见过的小木屋和西伯利亚冷杉，也不是久负盛名的神秘的喀纳斯湖，而是深夜头顶上那片璀璨的星空。

我清晰地记得，那夜，空旷，宁静。喀纳斯昼夜温差大，即使在夏天，入夜后也颇有凉意。我找出行李箱里的厚外套，裹在身上，和朋友到空地上去看激动人心的星空。

一出房间，我们都惊呆了！我看到了无数像钻石一样发出璀璨光芒的星星，就在我的头顶，似乎触手可及。脑海里立马蹦出了诗仙李白的“手可摘星辰”和诗圣杜甫的“星垂平野阔”。这，绝对是我这辈子到目前为止亲眼看到的最壮观的星空。那气势，是压倒一切、震撼心灵的。

夜寒切肤，没有风，星星静静地布满了整个苍穹，闪耀又不失庄重。面对如此壮观的自然美景，坐在牛粪堆上看星空的我们，心灵深处，似乎被彻彻底底地清洗了一遍。

星空下的人生短暂且渺小，能感悟到的东西，绝非语言可以表达。只觉得，生活在大地之上、大海之滨、星空之下的人类，其所有烦恼，都可以被大自然所担待，都没有什么大不了。

孩子，如果我们没有亲眼见过大海和星空，如果只是从书本中来，到书本中去，那么，我们会有这样的心灵震撼吗？

台湾诗人、画家席慕蓉说，如果一个孩子在他的生活里没接触过大自然，没有摸过树皮，没有踩过干而脆的落叶，她就没办法教他美术。因为，他没第一手接触过真实的“美”。

台湾作家龙应台也说，两个儿子小的时候，她常带他们去剧场看戏，去公园里喂鸭子，在厨房里揉面团，到野地里玩泥巴、采野花、抓蚱蜢、放风筝，在花园里养薄荷、种黄瓜，去莱茵河骑单车远行……如今，儿子们大了，自己去巴塞罗纳，看建筑，看雕塑……

你们外公常常说：“坐一年路廊，胜读三年学堂。”就是说，一个孩子在成长过程中，需要各种体验来丰富生命，而不能局限于书本知识。

我们每个人，从出生那天起，都无法逃脱“生、老、病、死”的自然规律。生命的意义，不在于死亡这个结局，而在于我们从出生到死亡所走过的路。正如“利群”的广告词说的那样，人生就像一场旅行，不必在意目的地，应当在乎的是沿途的风景和看风景的心情。

孩子，让我们的心灵，一起去“旅行”。让我们的生命，不是一碗淡而无味的清汤，而是一碗千滋百味的浓汤。我们经历过的所有酸甜苦辣，都会在时间的浸润下，酿成一杯岁月的美酒。或许，这就是生命不可或缺之“厚”吧。

2016 年 8 月 18 日

每一个生命都值得尊重

亲爱的欢乐：

某晚，妹妹写情景作文。作文题目是这样的：“树林里有一片落叶，它会和谁说话？会说些什么？请你写一写。”

妹妹写的文章，题目是《大森林里的友谊》。内容是这样的：秋天来了，一阵大风吹过，一片叶子飘啊飘，落在了地上。这时，一只小蚂蚁爬过来了，友好地和落叶打招呼，它们成了好朋友。又一阵大风吹过，落叶又快飘走了。它依依不舍地对小蚂蚁说：“你还是乖乖地待在这片草地上吧，不要去大街上。万一被人类的脚踩扁了，我就少了一个朋友。”小蚂蚁听了，感激地说：“我也是这样想的，我会听你的话，更加小心地照顾好自己的。”它俩说完后，都感动地哭了。

说实话，我被这篇文章感动了。

在孩子的目光里，在落叶和小蚂蚁的友谊里，我看到了，再卑微的生命，也有尊严地活着，也会彼此关爱。这样的友谊，让人落泪。

作为“万物之灵”的人类，除了要尊重每一个人，也应尊重共同生活在同一个地球上的其他生命。

我不禁想到了动物园。每次带你们去动物园，看到那些被关在狭小的笼子里、落寞地走来走去的老虎、狮子、大象……都有一种说不出来的感觉。总觉得，它们似乎不该属于这里。

记得有次看黑熊表演跳绳。驯养员晃动绳子，让黑熊直立起来，跟着节奏一起跳。或许黑熊一天要表演好几次，有点累了，不想跳，一直往后退。驯养员急了，用腿踢它，它只好乖乖地跳了。看老虎表演钻呼啦圈，当老虎腾空而起，从两个呼啦圈中一跃而过时，那矫健的身姿，完全可以用“帅气”来形容。表演结束后，这只老虎被驯养员绑在一个长凳上，让游客骑到虎背上拍照留念。此时的老虎，乖得像一只猫。面对人类的镜头，它是否在怀念曾经在山中称大王的日子？又或许，它出生时就已在动物园，这辈子从未见过真正的森林。

喜欢李安导演的电影《少年派的奇幻漂流》。电影中，一个名叫派的少年遭遇了海难。茫茫大海中，幸存的只有他和一只张牙舞爪的孟加拉虎。一开始，老虎要吃他，咆哮声让人害怕。他用了各种方法去驯服它，捕鱼喂它，风暴来临时救它，最后终于驯服了它，并彼此相依为命。最后，他们奇迹般地死里逃生。虚脱在沙滩上的派，看到老虎头也不回地走向森林深处时，放声痛哭。是因为曾与老虎同甘共苦而不舍？还是因为老虎的无情而失望？又或许……这部电影，对人与动物之间的感情进行了哲学的思考，发人深醒。

据说，位于孟加拉西部的绵延数十英里的红树林，是迄今为止几乎未经过任何人工培育的原始森林。这片原始森林能够在印度和孟加拉这两个人口密集的国家之间保存下来，要归功于长期生活在这里的老虎们。老虎们一直在尽心尽职地守卫它们的领地和丰富的资源，如果人类敢来侵犯，它们就会狠狠教训人类。

因此，当地人清醒地认识到，世界上不能缺少老虎，如果没有老虎，就没有他们的生存之境。如果消灭老虎，灭绝的不仅仅是老虎，最终危及的是人类自身。

联合国大会 1982 年 10 月 28 日通过的《世界自然宪章》规定："应信服生命的每一种形式都是独特的，不管它对人类的价值如何，都应受到尊重。"是的，尊重自然，不损害地球上的遗传活力，各种生命形式都必须至少维持其足以生存繁衍的数量，保障必要的栖息地……这些，都是《世界自然宪章》的题中之意。

看了妹妹写的《大森林里的友谊》后，我问妹妹，落叶和蚂蚁分开后，各自会怎样呢？妹妹想了想，说："落叶可能会被人扫走，扔进火炉里烧了。也可能安安静静躺在地上，变成了泥土，给大树营养。第二年春天，树上长出了新的绿叶。小蚂蚁嘛，有可能好好活着，也有可能不小心被人踩死了……"我说，如果来年春天，树上新的绿叶还能遇见从树下经过的那只小蚂蚁，它们一定会开心地互相打招呼：老朋友，好啊！

孩子，每一个生命都值得尊重，每一次相逢都值得珍惜。因此，每一天，都应该好好过。就像电影《疯狂动物城》的结尾，小兔朱迪、狐狸尼克、水牛博戈、猎豹本杰明……抛开了食肉动物和食草动物对彼此的偏见，互相尊重，快乐友好地生活在了一起。

2016 年 8 月 20 日

你究竟是哪里好？

亲爱的欢乐：

起初，我很抵制微信，感觉会无谓地浪费时间。

于是，当身边的同事、朋友大多有了微信时，我仍像一个异类似的，游离在微信朋友圈外。有朋友戏言："你再不开通微信，就要脱离地球、被开除'球籍'了。"

我忍不住问朋友，微信到底有什么好？朋友不慌不忙地打开手机，说："有事没事看看朋友圈，是我每天的必修课。"我好奇朋友圈为何会有如此魅力，刷了一会她的朋友圈后，看到有位女孩发了一组美食和美景的照片，下面配了这样一段话："我晒美食，晒美景，不是想炫耀什么，也不是想显摆什么，只是想记录我去过的地方，走过的路，看过的风景，见过的人，仅此而已。"

这个瞬间，我想到了另一句话："你现在的气质里，藏着你走过的路，读过的书和爱过的人。"是的，每个人经历过的、正在经历的以及将要经历的生活，其来有自，最终会形成一个人的气质。我忽然找到了微信的意义所在——记录生活。

我从小就有记录生活的习惯。从初中到大学，写了10年日记，留下了10多本厚厚的笔记本。工作后，流行博客。于是，握惯了钢笔的手，开始用键盘打字，用博客代替了日记。再后来，流行微博。于是，渐渐荒芜了博客，耕耘起微博……

终于在2014年10月，我开通了微信，开始经营这个属于自己的一亩三分地。

时光总是匆匆，一晃快两年了。某晚，我翻看了自己最近一年来记录的生活。一边看，一边笑，往事历历，尽在眼前。

一家人背起行囊走天涯时，我记录；你们成为光荣的少先队员时，我记录；你们骑着自行车在风中追逐嬉戏时，我记录；看书码字有感而发时，我记录；你们帮我洗车、干家务时，我记录……

有朋友说："看你的微信，觉得你的生活处处都是美好。难道你没有烦恼，没有焦虑，没有脾气吗？你的女儿们总是这么懂事吗？"

其实，不是的。烦恼、焦虑、脾气，难免会有。你们，也总有不懂事的时候。只是，我没发。

生活，是客观的存在。生活的真相，是什么都有。生活，是一个多棱镜，也是一个万花筒，离不开柴米油盐，抛不开锅碗瓢盆。生活，有快乐，也有烦恼。有高潮，也有低谷。一眼望去，芸芸众生，都活得挺不容易。

但是，生活又是主观的。我们选择看重什么，忽略什么，记住什么，忘记什么，得失全在我心。谁的生活没有琐碎和辛苦呢？只是，我更愿意记住那些打动自己的温暖瞬间，读懂柴米油盐酱醋茶中的小小快乐。

前不久，和你们一起去看了已故法国印象画派大师——奥古斯特·雷诺阿的画展。这是我们第一次看他的画展，却第一眼就被深深吸引了。因为，他每幅画的用色，都如此明亮，如此柔和，如此温暖。看他的画，似乎有治愈和疗伤的功能。

看完画展，我百度了雷诺阿。原来，他一生都在用丰富华美的色彩，描绘阳光、空气、女人、鲜花和儿童。他一生都很贫困，但用色却很明朗、艳丽、令人炫目。他所画的女性，丰满娇丽、妩媚动人，目光中不经意间流露着一种淡淡的忧伤；他所画的儿童，如天使般纯洁、美好。

于是，我想起了画展醒目位置写的他说过的那句话："为什么艺术不能是美的呢？世界上丑恶的事已经够多的了。"

是的，透过雷诺阿的画，可以想象，他是那种能够发现生活的美好，对很多问题可以淡然处之的人。这，也是我一直欣赏的生活态度。

一直很喜欢李宗盛的《鬼迷心窍》。"有人问我你究竟是哪里好，这么多年我还忘不了。春风再美也比不上你的笑，没见过你的人不会明了……"

如果将歌词中的"你"替换成"生活"，或许就是我想表达的意思。不是么？生活的美，没经历过不会明了。即使经历过了，也不一定明了。

如何才能明了？生活中并不缺乏美，只是，我们应当具备一颗慧心、一双慧眼。

2016年8月22日

你是一棵抗晒的菜吗？

亲爱的欢乐：

夏天，骄阳似火，似乎要把人间所有的水分蒸发殆尽。你们外公的菜地上，冬瓜、茄子、番茄、蒲瓜、南瓜、丝瓜……长势喜人。外婆来绍兴看我们时，拎了满满一大袋蔬菜。

我说："这么热的天，是不是要经常给蔬菜浇水，蔬菜才能长得这么好？"你们外婆说："一听你这话，就知道你不懂种菜。"

她说，种在地里的蔬菜，夏天是不用浇水的。我不解，问为什么。她说，道理很简单，如果不浇水，蔬菜的根就会努力往地底下生长，拼命吸收土地深处的水分。于是，根系越来越发达，抗晒能力越来越强。如果浇水，根就会养成依赖的心，懒得往地底下生长。时间长了，根就浮在地表上。太阳一暴晒，就枯萎了。

很多时候，深刻的道理，其实就蕴涵在朴素的事实中。蔬菜抗晒与否，取决于它是否在地底下深深扎根，而不是是否浇水。浇水，很像是一种宠溺。这种宠溺，不是爱它，而是害它。

孩子，我欣赏将根深深扎在泥土里，经得起烈日暴晒的菜，因为它们具有强大的生存能力。我希望，你们也能成为一颗抗晒的菜。

什么是生存能力？在艰苦条件下依然能好好生活的能力，是生存能力；在陌生环境里能迅速熟悉环境的能力，是生存能力；在并不顺利的环境里适应环境的能力，是生存能力。

我希望，你们从小就开始锻炼这种能力。因此，每次带你们出门，都是一次“练兵”。在商场、飞机场、高铁站等公共场合，我会有意识地教你们认识各种标识。在商场里，你们要上卫生间时，我会告诉你们，如何根据指示牌找到卫生间。坐地铁时，我会告诉你们，如何买票，如何安检，如何辨别方向，分清站名，如何下站，如何走出地铁站。

有一次，我故意走在后面，让你们当大人照顾我。看着姐姐熟练地买票、判断方向、提醒我下站、走出地铁站，我觉得，我可以放心了。

还有一次，地铁很拥挤，我们三个人差点无法同时挤上车厢。车开动后，我问你们：“刚才，如果你们挤上了，我没挤上，你们会怎么办？”姐姐想了想，说：“那我们就在刚才买票时说的地点下车，在那等你。”我说：“是的，要沉着镇定，不要慌张。如果等不到妈妈，可以找穿着制服的警察叔叔，借他们的手机打电话给我。”

跑过许多城市后，我越来越觉得，如果我们会看地图，会坐地铁，就不会在一个城市迷路。我想和你们分享一下我去北京的经历。

第一次去北京，是 2001 年，大二结束那年暑假。我和大学闺蜜秋季开学后都将去东北师范大学交流。于是，我们相约 8 月底在北京见面，住在前门大栅栏的四合院里。某天，我们去丰台区的北京世界公园玩。那时北京还没有地铁通到那一带，我们舍不得打出租车，就只好坐公交车前往。印象中，足足坐了两个多小时，且一路颠簸。闺蜜开玩笑说，公交车售票员每天这样一路颠簸，为何还胖胖的呢？那时的北京，在我眼里，很陌生，很无助，很不方便。我那时的生存能力，显然很弱。

第二次去北京，是 2008 年国庆节，和家人一起跟着旅游团，爬了八达岭长城，游了故宫天安门，看了鸟巢水立方。因为成天坐旅游大巴车，在北京玩了 5 天后，依然对北京没有方向感。于是，很小心谨慎地跟着团队走，不敢单独行动，有种“出门步步难”的感觉。我那时的生存能力，依然很弱。

真正开始认识北京，是 2011 年以后。因为种种原因，每年都要跑四五次北京，我决心好好认识北京。于是，我买了地图，搞清楚了北京的东西南北。为了方便坐地铁，就特地住在地铁站附近的酒店。在一次次东奔西跑中，我搞明白了北京地铁 1 号线至 15 号线，搞明白了昌平、丰台、密云等郊区。

我发现，当我渐渐熟悉了这座城市的东西南北，心中有了这座城市的方向感后，这个城市，就渐渐有了温度和味道。在地理空间上，北京依然很大，但在我心里，似乎没那么大了。我不再担心会在北京迷路，能够顺利到达我想去的地方。地图和地铁，让我在北京的生存能力渐渐提高了。

孩子，如果你们拥有了强大的生存能力，那么，无论将来你们去哪里，无论你们有无同伴，无论前路有多少不确定性，你们都会充满信心，且一路无惧。

2016 年 8 月 25 日

成为自己的雕刻师

亲爱的欢乐：

最近，透过一些生活小事，我觉得，在不知不觉间，你们长大了，心智更加成熟了，对人、对事有了自己的看法和观点。

比如，有一次，我们一起吃荔枝和杨梅。荔枝甜到心里，杨梅酸中带甜。我问你们，哪个更好吃？姐姐说："妈妈，荔枝有荔枝的味道，杨梅有杨梅的味道，各有各的好，不要简单比较。就像我们每个人都是独一无二的，也不能简单比较啊。"那一刻，我对姐姐刮目相看。

有一次，和你们聊外公骑自行车接送我上下学的事时，我说了这样一件往事。我读小学时，某年冬天，下了一整夜的鹅毛大雪。第二天清晨，白茫茫一片。家离学校有点远，父亲坚持骑自行车送我。积雪深一道，浅一道，车轮稍不留神就会嵌进雪地里。父亲小心翼翼地骑着，我小心翼翼地坐在后座，尽量保持平衡。路过一个井台时，遇到了积雪下的坚冰，车轮打滑，我们父女俩连车带人，摔倒在地。

我说：“看，你们现在坐在汽车里，风刮不到，雨淋不到，多幸福啊。”没想到，姐姐认真地说：“你小时候虽然艰苦，但你有外公外婆的爱，所以也就不觉得苦啊。比起物质条件，我觉得一家人相亲相爱地生活在一起，才是最重要的。”妹妹说：“我觉得，只要爸爸妈妈能多陪陪我们，有空送我们上学，哪怕不开汽车，一起坐公交车，也很好。”

有一次，你们整理书包，书包很沉。我建议你们尽量少带，给书包“减负”。姐姐叹了口气，说：“最近期末复习，每天都要做好几张试卷，有点累。”我说：“唔，做作业是为了帮助你们巩固学过的知识，如果你认为已经掌握了知识，我帮你和老师申请，有些作业可以不做哦。”姐姐想了想，说：“那还是要做的，学无止境，熟能生巧。”

有一次，妹妹的语文考试，作文写得不太好，扣了好多分。我请姐姐辅导妹妹订正作文。姐姐耐心地对妹妹说：“写作有三个步骤。一是写之前，要认真审题，看懂要求。二是写的时候，语句要通顺，不要写病句，不要多一字少一字，不要有错别字。三是写完后，认真读几遍，检查一下标点符号。”妹妹很认真地重新写了一篇，写完后让姐姐帮忙检查。看着你们在台灯下专注的神情，我很欣慰。

前不久，我给姐姐买了一本科幻小说《魔力星球》。姐姐读得如痴如醉，每晚必读，还滔滔不绝地讲述其中的精彩片段给我们听。有一天，姐姐对我说：“妈妈，我本来打算看完后先给妹妹看，但我们班有许多同学也想看这本书，我先借给她们吧。”我欣然同意，对姐姐的乐于分享竖起了大拇指。

孩子，这些都是生活中的点滴小事。但正如“罗马不是一日建成的”，冰冻三尺，也非一日之寒，要想将一个自己打磨成一个合格的人，功夫在平时，在这些小事上。

我想到了曾在荷兰阿姆斯特丹看到的钻石切割工艺。据说，在钻石界，“阿姆斯特丹钻石切工”是完美切割与高质量钻石的代名词。在那里，一颗看起来并不起眼的钻坯，经过工匠们高超的切割、磨光后，最多可达 240 个切割面，散发出璀璨夺目的光芒。

工匠们说，只有优良的、符合比率的切工，才能使入射光全部反射，从而最大限度地表现出钻石特有的光芒。若切工粗糙、不符合比率，则会产生“漏光”现象。那么，不论钻石具有多好的颜色和净度，也无法呈现理想的光芒……

看着你们云淡风轻、浅笑吟吟的样子，我想对你们说，如果一个人是一颗钻坯，时光是那把雕琢钻坯的刻刀，那么，最好的工匠，就是你们自己。你们从生活中汲取阳光、雨露，积极、乐观地成长，就好比用刻刀在钻坯上切割出了一个又一个美丽的切面……

若干年后，当有一束光线向你们射来时，我期待着，你们会以自信、优美的姿态，欣然接受，并反射出属于你们的独一无二的光芒。

或许，这就是成长。

2016 年 8 月 29 日

对生活有所期待，对自己有所要求

亲爱的欢乐：

周末，带你们去朋友家做客。朋友女儿珍珍 10 岁，暑假里刚学了茶道，表演茶道给我们看。

珍珍将双手轻轻放在茶几上，静待水开。CD 机里播放着悠扬深沉的古琴曲……

水开了。珍珍娴熟地用夹子取出茶盅，一一摆放在茶几上。用镊子取出普洱，冲泡。当我们端起茶盅时，珍珍告诉我们，男士的握杯方法是“三龙护鼎”，即用拇指、食指扶杯，中指顶杯，这样显得稳当、雅观。女士的小手指可以微微翘起来，呈优雅的“兰花指”。

平时习惯大口喝茶的我，这次很投入地品茶。一泡，二泡，三泡……当我仔细品味时，渐渐尝出了不同茶叶、不同工序泡出的茶的不同味道。

原来，茶道这门艺术，看似漫不经心，其中却有深意。写了世界上第一部茶叶专著——《茶经》的唐代著名茶学家陆羽，一生嗜茶，精于茶道，开启了一个茶的时代。从此，茶的精神深入中国的诗词、绘画、书法、医学等各个领域。我对朋友说，等有空了，我们也学学茶道。

其实，想学的东西，还真的挺多。时代发展太快，知识结构需要不断更新。我们不是因为变老了而停止学习，而是因为停止学习而变老了。所以，学习，任何时候都不能停止。而且，任何一个知识领域或技能，就像一扇窗。如果我们不打开它，就无法体会其中的美妙之处。有生之年，如果能多打开一些窗，多学一些知识或技能，人生才是丰富的。

当我告诉你们，我想学这个，想学那个时，你们问我：“妈妈，你有时间吗？现在学还来得及吗？”

孩子，对于学习，缺的永远不是时间，也不是时机，而是你是否有对学习的热情和向往。

有这样一个问卷调查：“下班后，晚上 8 点至 11 点，你会怎么安排自己的生活？”调查结论是，每天晚上的 3 个小时，决定了你三年后是什么样子。是啊，用好工作之余的时间，才能让自己不断成长，变成更好的自己，把日子过成想要的样子。

鲁迅先生有句名言：“哪里有天才，我是把别人喝咖啡的工夫都用在工作上的。”每天晚上，有人在觥筹交错，有人在打牌玩麻将，有人在看书健身……从每天来看，人和人之间的差别似乎微不足道，但放大到几年来看，却在各自的道路上越走越远。差距，也将越来越大。正如每一次流水的冲刷，虽微不足道，经久不息，终成沃野千里。

学生时代，我很喜欢看港台电视连续剧。但学业繁重，学习压力巨大，只好忍着不看，偶尔在周末过过眼瘾。当时，心里恨恨地想，等将来考上大学了，要把喜欢的港台剧都追一遍，看个痛快。

考上大学后，面对图书馆里如大海般浩瀚的藏书，心里默默地想，趁年轻，记性好，应该多读点书。追剧这种事，工作以后再说吧。

如今，工作10多年了，却一直对追剧有种莫名其妙的负罪感。曾经有段时间，追过一些偶像剧、生活剧、言情剧，心心念念地牵挂着，每晚都看得如痴如醉，根本无心看书。时间久了，忽然觉得自己脑袋空空、腹内草莽，除了电视剧里那些爱恨情仇的眼泪，似乎什么都没留下。

越来越觉得，学习，就像阳光和空气，是精神之钙，是身体不可或缺的营养。当我们停止了学习，将大把大把时间浪费在追剧上时，精神的花园就在不知不觉中荒芜了，甚至杂草丛生。

在可以追剧的年龄不再追剧，更多的是因为自己对生活还有所期待、对自己还有所要求吧。最近半年多来，每晚9点以后，我总会静下心来，看看书，写写文章。读和写的过程，就像在清晨的林荫小道上漫步，吸入新鲜空气，吐出浑浊之气，身心都很愉悦。

当然，除了阅读和写作，还有许多事情值得我们去做。比如，我有一位大学好友，工作之余，一直坚持画画，特别是工笔画。一有闲暇时间，就在家里琢磨人物画、花鸟画，下了很多功夫。最近，她告诉我，她给自己定了一个目标——退休后办一场个人画展。她的微信头像是一朵美丽的向日葵，她说："向日葵，向日而生，代表我对美好和温暖的向往和追求。"

又比如，才女徐静蕾业余时间学当裁缝。有报道说，老徐在过去的一年多时间里，一针一线做了 170 多个包，几百件小饰品。作为一个演员、导演，带着好大一堆手工包重返公众视线，让人叹为观止。

让我印象深刻的是老徐说的一段话："演戏，收工，无论几点，总要做两个小时手工再睡觉。慢慢发现，做手工居然是最好的休息。专下心去，什么事都忘了，满脑子都是那些好看的布料、珠子，特美。"

随着年岁渐长，渐渐明白了哪些是值得我们坚持去做的事，哪些是不该放纵自己浪费光阴的事。有一个判断的小方法，就是当我们做了这件事，且坚持了一段时间后，觉得更喜欢现在的自己时，那么，这件事就是值得去做的。

或许，无论做人，还是做事，最好的状态，只不过是——对生活，有所期待；对自己，有所要求。

孩子，希望你们从现在开始，就保持这样的状态。愿你们风雨无阻，年华无欺，成为一个"让自己喜欢的人"。

2016 年 9 月 4 日

欺骗我们的，是自己

亲爱的欢乐：

最近，有朋友找我大吐苦水，告诉我一件她上当受骗的事。

事情是这样的：她到某地旅游，被旅行团带去一家卖玉的商店。一个自称是老板的年轻人对她们说："钻石有价玉无价，你们逛玉器店，很难知道某个玉器的真实价格。今天，我教大家一个小方法，对你们知道真实价格很有帮助。"

老板说的小方法，就是如何看标签上条形码下面的一串阿拉伯数字。小老板说，这串阿拉伯数字的倒数六位数就是物价部门核准的该产品的成本价格。

为了让大家相信，老板从柜台里拿出好几款翡翠手镯现场"教学"。比如，某款标价 8 万多元的手镯，条形码上的数字显示，成本价仅 16000 多元。某款标价 3000 多元的挂坠，条形码上的数字显示，成本价仅 400 多元。

朋友说，和她一样，在场的 40 多个游客都对这个老板刮目相看，觉得这个老板够实在。老板继续说：“既然告诉了大家如何看成本价，大家也都把我当朋友，今天，我店里的所有商品，都以成本价卖给大家。”

朋友说，在她们看来，这个老板是一个把朋友感情看得比赚钱更重要的富家公子，大方得不得了。于是，大家纷纷挑选自己喜欢的玉器，熟练地看条形码上的成本价，然后像捡了大便宜似的，纷纷刷卡。

朋友看中了一款玉镯，标价 5 万多元，成本价 7000 多元，戴在手上，大小正好。于是，马上买下。

旅游回来，朋友去了一家本地的玉器专卖店，让专家评估一下她的玉镯值多少钱。专家看了看，淡淡地说：“从成色、水头来看，大概 2000 多元吧。”朋友大惊失色，说了那个老板关于成本价的说法。专家哈哈大笑地说：“物价部门从没有将商品成本价体现在条形码上，给你们看的那些条形码，肯定是老板事先做好手脚骗你们的咯。”

朋友说，那一刻，她傻眼了。细细回想，整个过程有太多破绽，比如，这家玉器店没有品牌，玉器包装盒上没有公司名称，刷卡时 POS 机的小票显示的公司名称是一个家具店……

朋友感叹，奇怪的是，现场那么多游客，却几乎无人质疑。朋友也算走南闯北、见过世面的人。她低头片刻，然后狠狠拍了下自己的大腿，说：“唉，我们是被自己贪便宜的心害了。”

是的，假设条形码确实透露了成本价，那么，当朋友看到那款标价 5 万多、成本价 7000 多的手镯时，她怎能不动心呢？

朋友肯定觉得自己好走运，捡了个大便宜！

我对朋友说："你分析得对，这个骗子充分研究了顾客的心理，用了一个连环计。其实，让大家心甘情愿、争先恐后地乖乖掏腰包的，不是那个骗子，而是大家贪便宜的心，简称'贪心'。"

佛家说人有贪、嗔、痴、慢、疑五种心。这五种心会使我们造作恶业，就像毒药一样妨碍我们修行，故称为"五毒"。"贪"有很多种，一般来讲，我们有财、色、名、食、睡"五欲之贪"。因为我们贪着五欲，所以心甘情愿被它束缚，成为它的奴隶，甚至心安理得地让它牵着鼻子走。

芸芸众生，为何有的人会被骗？有的人不会被骗？关键还是看自己有无贪心。

你们的外公，亲身经历过这样一件事：20 世纪 90 年代初，有一次出差，他抽空去了趟商场，想给我和妈妈买点礼物。突然，前面有个人的包里掉出了一捆百元大钞。但那人丝毫没有察觉，继续往前走。这时，旁边有一中年男子一个箭步蹿出来，看了看周围，故作神秘地低声对你们外公说："我们一起看到的，见者有份，你跟我来，我们一起分。"外公连忙摆手说："我赶时间。"就赶紧走开了。

回家后，他告诉了我们这个经历。他说："事后想了想，丢钱的人和捡钱的人肯定是一伙的，那一捆百元大钞肯定也是假的。如果我对那钱动了贪心，跟着他去分赃，那么，很有可能，他会把我带到偏僻之处，抢走我身上的现金和值钱的东西啊。”

接着，你们外公语重心长地告诉我：“任何时候，只要我们不动贪念，就不会上当受骗，骗子的阴谋就很难得逞。一旦动了贪念，那就处处都是陷阱。”

人为财死，鸟为食亡。我们会嘲笑鸟太愚蠢，去啄食时不知天罗地网正等着它们。其实，我们人类也聪明不到哪里去。“笼鸡有食汤刀近，野鹤无粮天地宽”，当我们放下贪念，当我们对意外之财没有非分之想，当我们对小便宜没有窃喜之心，我们就自然而然筑起了一道防火墙。

骗子行骗于江湖，却心安理得。他们认为，能让他们得逞的人，大多是一些心有贪念的人。骗这些心有贪念的人的钱，骗子认为理所当然。因此，当我们上当受骗时，骗子固然可恨可恶，但扪心自问，根本原因还是我们自己。所以，与其抱怨骗子的存在，不如修行自己的内心吧。

请记住，任何时候，天上都不会掉馅饼，也没有无缘无故的免费午餐。

2016 年 9 月 10 日

有些事情，不值得纠缠

亲爱的欢乐：

某天，读东晋诗人陶渊明写的《形影神赠答诗》，读到了“纵浪大化中，不喜亦不惧”。感觉就像一句歌词，可以唱，且豪迈。

已故国学大师季羡林先生写的《病榻杂记》中，也提到了这句诗。他说，一寸光阴不可轻，像陶渊明先生说的那样，从容面对生死，无须多虑。

孔子也说：“未知生，焉知死。”曾经不懂孔子为何不谈生死，如今渐渐明白，生命短暂，好好活着就足够了。若一味地在没有结果的事情上纠缠，或许是一种浪费。

我想讲两个故事给你们听。

一个故事发生在朋友小 A 身上。几年前，她去某海滨城市度假。那时，当地正如火如荼开发海景房。吹着清冽的海风，看着清澈的海水，呼吸着空气中夹杂着松树林味道的饱和的负氧离子，小 A 动心了。买了一套 30 多万元的精装修酒店式公寓，开发商承诺第二年交房，可以拎包入住。

很快就到了交房日期，小 A 却收到了开发商的延期交房通知，并一延再延。小 A 多方打听才知道，开发商资不抵债，卷款潜逃了。小 A 购买的公寓，成了“烂尾楼”。购买这个酒店式公寓的业主，和小 A 一样，来自全国各地，要赶到当地维权，谈何容易。

最近一次遇到小 A，我问她怎么样了。没想到，小 A 笑呵呵地说：“我已经想明白了，这个事情，找开发商没用，找政府也没用，只能怪自己太冲动，考虑不够周全。吃一堑，长一智，就当花钱买个教训吧。生命短暂，与其浪费时间在这个没有结果的事情上，还不如做点高兴的事。”

我给了小 A 一个拥抱，此刻，没有比拥抱更能表达我对她的赞同了。

另一个故事的主角是一位要求退休改离休的老同志。这位老同志已经 80 多岁了，腿脚不便，几乎每天都会打电话给我同事，因为我同事负责信访接待工作。

同事很负责，帮他调查了所有可以找到的档案资料，但所有资料都表明，他参加工作的时间是在 1949 年 10 月 1 日以后，属于退休，不属于离休。但这位老同志一口咬定，他在新中国成立之前就参加工作了。他说，只要他活着一天，只要他有一口气，就要为这个事情讨一个说法。

许多次，我同事都苦口婆心地安慰这位老同志：“离休的界定，需要有严格的证据。能找的途径，我们都帮您找了，但确实没有找到这方面的证据。如果没有证据，即使您再坚持，也是口说无凭，没有用啊。您老多保重身体，不要再为这个事情纠结了。身体好了，比什么都重要。”

可是，老人家依然听不进去。他把所有注意力和热情，都聚焦在这一件事上。或许他也不完全是为了钱，而是为了争口气，或者要个说法。但让旁观者替他感到遗憾的是，他将本可以享受天伦之乐，享受儿孙承欢膝下的晚年生活，过得如此纠结、懊恼、痛苦。生命短暂，他将有限的宝贵生命，都浪费在这一件没有结果的事情上。这，未免太可惜了。

古人说：“解铃还须系铃人。”要解开自己的心结，只能靠自己。最近去北京出差，看到天安门广场上矗立着的人民英雄纪念碑，看着毛主席亲笔题写的“人民英雄永垂不朽”，我忽然想到，或许，请那位要求退改离的老人家，来看看这座纪念为新中国成立而抛头颅、洒热血、捐躯疆场的革命烈士的丰碑，或许能解开他的心结？

曹操在《短歌行》中感慨：“对酒当歌，人生几何？譬如朝露，去日苦多。”孩子，生命如此宝贵，有些事情，不值得纠缠。及时放下，是对自己最好的解脱。请将有限的时间，用在那些有意义的事情上，过好此生。

2016 年 9 月 12 日

走过千山万水，原来是“格局”二字

亲爱的欢乐：

某天，我去参观一个中青年书法篆刻作品展，遇见一位在业内小有名气的前辈。他很认真地观赏着这些作品，希望从中发现一些好苗子。

我问：“您心目中的好苗子，需要具备怎样的素质？”前辈沉吟片刻，缓缓地说：“要有一定的格局。”接着，他说：“其实，不仅是书法，其他任何艺术领域，最后能走多远，能到达怎样的高度，功夫都不在艺术本身，而在于艺术家的人生格局。”

俗话说：“再大的烙饼，也大不过烙它的锅。”也就是说，你的锅决定了你能烙出的饼的上限。所谓格局，就是这口“锅”，是一个人的知识积累、文化底蕴，是一个人的眼界、气度和胸襟。所谓“做人”，不就是努力“做大自己的人生格局”吗？无论从事哪个行业，一个人所能到达的高度，最终也取决于自身的人生格局吧。

曾看过这样一个小故事：有一个乞丐，整天在街上乞讨，对路上衣着光鲜的人毫无感觉，却嫉妒比自己乞讨得多的乞丐。因此，在他的眼里，开心与否全在于乞讨的多少。他看不见世界的繁华锦绣，看不见世界上的人还有多种活法，自然也看不见人生更多的可能性。机会，就在他为自己框定的狭小世界里不断被错失。也许他不平庸，也不笨拙，也不缺乏竞争意识，但当乞讨成为他世界的全部时，他便很难跳出乞讨者的思维。

如果说人生是一场修行，那么，我们有没有想过，修行路上，我们和谁同行？和谁比较？我们追求什么？看淡什么？我们对这些问题的回答，或许终将形成我们的人生格局。

有时，我会傻傻地这样想：如果我们把一只蚂蚁放在一张白纸上，上面盖上玻璃罩，让它一辈子在里面爬来爬去。蚂蚁眼中的世界，或许就逐渐变成这样一个白色的、平面的世界了吧！

那么，当有一天，拿开这个玻璃罩的时候，它还有没有能力爬出玻璃罩外的世界？如果物理的局限性已经不存在了，阻止它向外探索的，就是意识的局限性。

人也一样，一旦习惯固有的环境，形成固有的思维，就会逐渐丧失尝试的勇气，逐渐失去创新的想象力，人心的包容与接纳也会变得逐渐狭小。

我们生来就有着诸多生理的局限性，却因为不断努力与探索，而不断地实现着突破：

比如，人眼所能看到的距离是非常有限的，但我们却利用望远镜成倍增加了人眼的观测距离。于是，我们探测到了广阔无垠的宇宙世界；于是，我们具备了登陆外星球的能力，探索领域成倍增加。

比如，人所能达到的行走速度是非常有限的，但我们却发明了汽车、飞机，创造了超越人类极限的移动速度。于是，我们能在一生中无数次跨越海洋、跨越城市，体验不同的文化、见识不同的美景。

井底之蛙的可悲之处，在于受环境的制约，无法跳出这个局限。在深不见底的井内，它抬头望见的那片天空，不过尺许，却让它误以为那就是整个天空。

所幸的是，人类虽然会遇到像井底之蛙一样的环境局限性，但人类却拥有宝贵的学习能力和源源不断的学习工具。通过不断地学习、认知，可以打破自身的局限性。比如学习、工作、阅读、旅游、人际交流等，都能够提升自身的技能与知识。只要乐于学习，便能一步步突破自身的局限性。

或许，只有认识到了自身的局限性，才会努力去打开自己的人生格局。正如那个井底之蛙，当它有一天忽然意识到自己原来生活的天地如此促狭，它才会真正想要改变。否则，它就永远是顾自得意，它的格局，也就是井底的方寸之间而已。

如何追求更大的人生格局？格局和年龄关系不大，却和经历、学识息息相关。经历过风风雨雨，胸中有江河湖海，眼界和胸襟就渐渐打开了。正如王国维在《人间词话》中所说的，古今成大事业、大学问者，必经过三种境界：先是“昨夜西风凋碧树。独上高楼，望尽天涯路”，再是“衣带渐宽终不悔，为伊消得人憔悴”，最后是“众里寻他千百度，蓦然回首，那人却在灯火阑珊处”。

孩子，对于人生这盘棋来说，我们首先要学习的不是技巧，而是格局。格局大了，未来的路才有更多的可能性。

2016 年 9 月 6 日

三

亲情无边

背起行囊走天涯

亲爱的欢乐：

在你们很小的时候，我买了一个大大的地球仪和一张大大的中国地图。地球仪放在妹妹房间，地图挂在姐姐床头。看到你们仰起脖子，一脸兴奋地计划着今年该去哪里、哪里时，我知道，旅行，让你们对生活充满了憧憬。

我愿意背起行囊，陪你们走天涯。

关于旅行，有很多有意思的说法。有人说，旅行，是离开自己待腻了的地方，去别人待腻的地方；有人说，旅行，是身体走出去，把灵魂找回来；有人说，要么看书，要么旅行，身体和灵魂，总有一个在路上，有人说，世界那么大，我想去看看。

我爱上旅行，或许，是因为我不想成为“井底之蛙”。

苏格拉底常常跟他的门徒说：“我所知道的只有一件事，那就是我什么也不知道。”是啊，“知道”的越多，就越会觉得自己“不知道”的也越多，反之，就觉得自己什么都知道，也就成了可笑的“井底之蛙”。

我的童年和青少年时代，是20世纪八九十年代。那个年代，大多数家庭的经济条件还是比较拮据的，大家似乎没有“旅行”这种想法。

12岁那年，我第一次跟你们的外公去了一趟上海。你们的外公是厂里负责设计产品的工程师。在他的办公室里，有一张巨大的倾斜的书桌。你们的外公日复一日匍匐在书桌上画图纸。随处可见的，是墨绿色的HB铅笔和黄色橡皮。

那一年，厂里为了更好地打开产品销路，决定让负责设计的工程师和销售人员一起跑市场，方便解决客户提出的种种技术问题。于是，那年，你们的外公走南闯北，去了北京、上海、广西、海南……暑假里，当你们的外公又要去上海时，就带上了我。

记得我们是坐大巴车去的。从我们那个小县城到上海，那时要开8个小时。那天，汽车开到中途就抛锚了——那个年代，汽车抛锚就像现在的飞机误点一样正常——我们早上出门，傍晚才到上海。置身繁华的大都市，我的眼里除了新鲜，还是新鲜。

你们的外公和销售部同事忙完工作后，带我去了城隍庙、大世界、外滩……在高楼林立的外滩街头，我拍了一张照片。照片中的我，穿一条波点连衣裙，细胳膊细腿，笑得有些害羞和局促。在大世界的游乐场，你们的外公一定要带我坐车进

“鬼屋”探险。胆小的我，吓得紧闭双眼，牢牢抓住你们的外公的手臂，头几乎钻到了座位底下。对这些太过刺激恐怖的玩意，我从小就没办法接受。

从上海回来，在那个12岁少年的心里，对远方有了更多憧憬。父母常说，他们靠读书考上大学，走出农村，到了县城。我想，我也要靠自己好好读书，走出县城，去更远的地方。

或许，也正因为如此，1999年高考填志愿时，浙江省内的高校，我一个都没有考虑。因为，我想去更远的地方，看更多的风景。

于是，我去了厦门，一个美丽的海滨城市。气候、饮食、风俗、人情，都是全新的感觉。在这里，明白了高中地理课上学过的亚热带海洋性季风气候是什么感觉。厦门的海风真大，用风衣裹住自己的身体，漫步沙滩，那种感觉，真好。时常看到有高大的男生，敞开自己的风衣，将小鸟依人的女友拥入怀中。我不是小鸟，也没有男友，只好一个人在海边踽踽独行。

在家乡很少吃海鲜的我，在厦门第一次吃到了那么多海鲜。特别爱吃海蛎煎，一种用牡蛎、韭菜和藕粉一起炒的煎饼。还有一大碗用各种小海鲜炖在一起的海鲜面，我每次吃都想来第二碗，但怕惹来周围男生诧异的目光，只好忍住了。还有中山路上的黄则和花生汤，一粒粒花生米炖得又甜又糯，入口即化，甜到心底。

和想象中经济特区应该风风火火的快节奏不同，厦门人永远都是不急不躁，慢悠悠地泡着功夫茶，喝着大红袍。时间似乎多得用不完，过着典型的“慢生活”。

2001 年 9 月，我读大三那年，再次背起行囊，去了东北雪乡——吉林长春，并在那里学习生活了半年。每次听到刀郎那首《2002 年的第一场雪》，我都很有现场感。因为，2002 年，我在长春迎接了第一场雪。

事情是这样的：厦门大学和东北师范大学历史系有着长期合作，双方每年选派 10 名左右大三年级的学生，到对方学校学习交流一学期。当很多同学在纠结要不要去那么遥远的地方时，我毫不犹豫地报名了。一起同行的共 6 个女生、2 个男生。

2001 年暑假，我给自己设计了一条“西安—北京—长春”的旅游线路，8 月中旬出发，要在 9 月开学之前赶到长春。和好友在西安城墙脚下吃羊肉泡馍、深夜小心翼翼爬上华山、在华山顶上看旭日东升、住北京大栅栏的四合院体验老北京人的日常生活、坐公交车一路颠簸去北京世界公园……一幕幕情景，犹在昨日。那时的我们，虽然没钱，但有澎湃的青春和满腔的热情。一路旅行，丝毫不觉得苦，不觉得累。

在长春的半年，我对大江南北的城市差异、文化差异、性格差异有了许多切身感受。在南方，城市道路大多扭来扭去，很少正南正北走向的，在长春，我第一次分清了“路”和“街”——南北向的叫路，东西向的叫街；在南方，路名总是透着文化和韵味，比如绍兴的春波弄、勾乘路、驸马池、群贤路……在长春，路名和街名散发着满满的正能量：人民大街、自由大路、工农大路、红旗街、建设街、民主大街、前进大街……在南方，菜肴讲究色香味搭配，且要用精致的碟、碗、盘、盏盛放，在长春，吃货们最爱的是一锅炖的大杂烩，比如小鸡炖蘑菇、猪肉炖粉条、茄子炖土豆……那句有名的“翠花，上酸菜”就来自东北的餐桌。

至于南北方人的性格差异，就更明显了。南方人大多含蓄、精明、内敛、谨慎，即使很有把握，也大多不说满话，喜欢点到为止。北方人大多豪爽、热情、直接、干脆，即使初次见面，也可以热乎得像八辈之交。两种性格各有千秋，不能简单评判谁好谁不好。

当然，长春也有很文艺的一面。印象最深的，是一望无际的高大笔直的白桦林，散发着朴树那首《白桦林》中的淡淡忧伤。曾在白桦林中拍照留念，照片中的我，穿着黑色毛衣和米色大衣，手插在大衣口袋里，正青春。

2002 年，大四那年，我去了福州、泉州、漳州等地，感受到了与江浙文化截然不同的闽南文化和客家文化。听着把“随便讲讲”发音成“青菜公公”的闽南话，唱着那时流行的闽南歌《爱拼才会赢》，知道了“好女不嫁莆田郎，好男不娶福州女”……越来越感到，背起行囊，走出家门是对的。因为，这让我有机会见识了一个全新的世界。

工作后，旅行更是成为生活的一部分。有了你们后，我就想，要带着你们一起去看看外面的世界。

姐姐刚满 1 周岁，还在蹒跚学步时，我们带上手推车，带姐姐去了南京、镇江、扬州；2 周岁，2008 年奥运会后，我们一起去了北京。妹妹第一次旅行是 2 周岁半，去了湖南张家界，至今还对凤凰古城门口的铁凤凰念念不忘。

后来，你俩的脚步越走越远：宁夏沙坡头、敦煌月牙泉、内蒙大草原、康定海螺沟，青岛、合肥、武汉、长沙……我很羡慕你们，小小年纪已经到过半个中国。

如果你们问我，书和旅行，哪个更重要？我会这样回答：读万卷书，行万里路。书和旅行，就像水和阳光，是一个人成长过程中必不可少的两种营养。它们就是这样神奇，有一种让人非读不可、非走不可的魅力，会潜移默化地改变你，让你不再是“井底之蛙”。

背起行囊走天涯，可以让你们的心灵，更浩瀚，更深邃，更有光芒。

我愿意，一直带着你们走出去。不仅是脚步，更是心灵。

2016 年 9 月 20 日

读　城　记

亲爱的欢乐：

绍兴有个旅游口号是“跟着课本游绍兴”，因为语文课本里有很多鲁迅先生的文章。如果你们学过《从百草园到三味书屋》，再去鲁迅故里，看到先生笔下碧绿的菜畦、光滑的石井栏、高大的皂荚树、紫红的桑椹以及那刻在先生心头的“早”字时，该是怎样的亲切呀。

读万卷书，行万里路。我一直有个念头，就是陪你们“跟着地图游中国”。中国，有许许多多不同个性的城市。有的粗犷，有的秀美，有的豪迈，有的温情。易中天先生写过一本《读城记》，在他笔下，北京“大气醇厚”、上海“开阔雅致”、广州“生猛鲜活”、厦门“美丽温馨”、成都“悠闲洒脱”、武汉“豪爽硬朗”……一个个都让人心驰神往。

于是，从2007年至今，10年间，我带着你们去了9个省、2个直辖市、2个特别行政区和2个自治区。有一天，你们指着墙上的地图，自豪地说：“我们每去一个城市，就打一个勾，现在已经有30多个勾了哦!”

是啊，孩子，我们一起走过大江南北这些大大小小的城市。烙印在记忆中的，不仅是各地别样的风土人情，更是一家人在异地他乡相互依靠的温暖。这种亲人之间的互相扶持，在陌生的城市里特别强烈。

2012年国庆节，我们去了香港和澳门。那一年，中秋节夹杂在国庆节里，我们在香港过中秋。那晚，我们走在逼仄热闹的街头，看到路边小店高高挂起的灯笼，感受到了香港市民的中秋氛围。你们手中拎着淡黄色的小熊维尼灯笼和粉红色的米奇灯笼，一路蹦着跳着。在一家生意颇为兴隆的夜排档，我们吃着乒乓球大小的撒尿牛丸，喝着美味的海鲜粥，遥望维多利亚港上空的一轮圆月。那一刻，我觉得，只要和家人在一起，即使在异地他乡，也不孤独。

2015年国庆节，我们去了湖南长沙。某晚，在美丽的橘子洲头，我们吃了毛主席最爱吃的红烧肉，租了两辆自行车，一边欣赏路边摇曳多姿、延绵不绝的紫薇花，一边逐风而行。橘子洲的地形，从岳麓山顶往下看，有点像长长的番薯。据说“长沙”这个名字，就取“长长的沙洲”之意。和美景的相遇，需天时、地利、人和。看着你们骑着自行车在风中追逐的背影，我想，能这样看着你们长大，真好。

每一次去陌生的城市，就是离开熟悉的环境。我们会经历未曾经历的，感悟未曾感悟的。我们不再是过去那个矜持自满或害羞自卑的“井底之蛙”，我们会因此变得开放、包容。

2014年暑假，我们去了宁夏。在银川郊区的镇北堡西部影城，你们看到了完全不同于江南水乡的黄土地上的“荒凉”。1993年，受邓小平“南方讲话”精神的启发，著名作家张贤亮先生以古时屯兵的镇北堡两座废弃的边防城堡为基地，创办了镇北堡西部影城。20多年来，有人批评张贤亮先生刻意“出卖荒凉”。但我一直认为，这是一位作家倾其半生心血创作的“立体文学作品”。我们要感谢他的抢救、保护和开发。

鲁迅先生说：“越是民族的，越是世界的。”在镇北堡西部影城拍摄的《牧马人》《红高粱》《黄河谣》等一大批电影走出了中国，走向了世界。镇北堡也获得了“中国电影从这里走向世界”的美誉。那天，走出镇北堡，你们对我说，原来，不是任何地方都像我们绍兴那样，有数不清的河流和数不清的花花草草。这里，除了黄土还是黄土。我说，是啊，爱护每一滴水，保护每一棵树，不是口号，而是迫在眉睫的行动。

后来，我们去了宁夏中卫。没去中卫前，我们都以为中卫是个贫穷落后的小城市。但，我们错了。我们在当地出租车师傅的推荐下，去了烧烤一条街。那一晚，我们对贫穷、落后、快乐、幸福等“标签式”的词语有了新的理解。我们总以为中西部很落后，那儿的老百姓日子过得苦哈哈。然而，在中卫的烧烤一条街，呈现在我们面前的，是一眼望不到头的烧烤摊，是空气中弥漫着的烤肉、孜然粉、胡椒粉交融在一起的香味，是摊主们此起彼伏的吆喝声，是食客们啤酒瓶碰撞在一起的

"叮叮咚咚"的欢乐颂……我们真真切切地感受到了当地人嗨翻天的快乐和满足。离开时，我们感慨，幸福不是看你拥有多少，珍惜已有，减少欲望，就会很快乐。

同样地，对安徽的印象，也是2013年国庆节安徽之行后，有了许多改变。原本一直以为江浙一带人杰地灵、英才辈出，一直以吴越文化沾沾自喜，等去了西递、宏村等徽派建筑保存完好的古村落后，才发现我们对徽文化知之甚少。比如，文房四宝中，除了浙江湖州产的湖笔外，其他三样都在安徽，分别是安徽宣州产的徽墨、宣纸和安徽歙县产的歙砚。从安徽回来，我对你们说，傲慢和偏见，很可怕。

行走在陌生的城市，还会让我们放下一些坚持，学会和环境和解。曾经坚持绝对不要吃辣，每晚都要洗澡，床铺和棉被都要足够舒服的你们，在一次次行走中，娇气和挑剔渐渐褪去，取而代之的是随遇而安、不在乎、不计较。

2014年国庆节，我们去了武汉。武汉小吃名满天下，有"早尝户部巷，夜吃吉庆街"的美誉。热干面、糊汤粉、武昌鱼、鸭脖子……都是我们想吃、必吃的美味。记得在户部巷吃热干面时，人头攒动、水泄不通。卖热干面的店里，根本就没有空位。我们端着碗，站着吃，吃得局促而匆忙，却也充满了豪情和壮志。原来不会吃辣、不肯吃辣、不爱吃辣的你们，从武汉回来后，竟然也爱上了麻辣香锅。

2015年暑假，你们跟着爷爷奶奶、外公外婆去内蒙古大草原。回来后，你们告诉我，在大草原里住蒙古包，那个床啊、被子啊，确实不太干净，但玩累了的你们，照样倒头就睡，且一觉睡到天亮。是的，旅行不是纯粹的游山玩水，而是一次又一次历练。是走出自己的舒适圈，在陌生的环境里，用脚丈量它，用心感受它。即使疲惫不堪，却依然满心欢喜。

孩子，很多年后，当你们小小的身子拉着大大的行李箱，在这个世界上独自闯荡时，或许会有那么一丝孤独。但愿你们会蓦然想起，曾经，爸爸妈妈也是这样带着你们，闯荡过，磨练过，用真情刻录过。我们的目光会一直追随你们。

请你们记得，你们一路闯荡，但并不孤独。

2016 年 9 月 25 日

委屈的泪妈妈替你擦

亲爱的欢乐：

某晚，我在楼下散步，你们在小区里骑自行车玩。过了一会，妹妹偷偷跑到我身边，悄悄地说："我故意不让姐姐看到哦。"我以为你们在玩迷藏，就没当回事。结果，几分钟后，姐姐骑着自行车，焦急地到处找妹妹。看到我身边的妹妹，姐姐说："你跑哪里去了？我担心死了，在整个小区里到处找你呢！"说着说着，姐姐哭了，说："我一边找一边想，万一把妹妹弄丢了，爸爸妈妈一定会批评我，说我怎么连妹妹都带不好……"

忠厚的姐姐，骑着自行车找妹妹时，还担心妹妹的自行车会被人骑走，就一手骑自行车，一手牵着妹妹的自行车，一边骑，一边还叫着妹妹的名字……

我一阵心疼和内疚。心疼的是，姐姐如此懂事、忠厚、善良。内疚的是，虽然我总是提醒自己要"一碗水端平"，但不知不觉中，总是对姐姐的要求高些、多些……

我连忙走过去，将姐姐紧紧搂入怀中。一边替姐姐擦去委屈的泪水，一边说："乐乐真棒，是妹妹的错，妈妈爱你！"然后，妹妹也向姐姐道了歉，说今后一定不和姐姐开这种玩笑了。

姐妹俩睡觉后，我躺在床上，怎么也睡不着。回忆姐妹俩在一起的一幕幕情景，想起阎维文唱的《母亲》中那句歌词："你委屈的泪花儿，有人给你擦……"不禁感慨，这些年来，姐姐确实流了不少委屈的泪水。而委屈的背后，大多是我这个母亲的错。

所以，我想写这封信给你们。告诉你们，妈妈也有很多不对的地方，希望姐姐能感受到妈妈的愧意，也希望你们姐妹俩能更珍惜这份手足之情。

妹妹还没出生时，我读了龙应台的散文集《孩子你慢慢来》。在这本书里，龙应台一扫《野火集》中的万丈豪情，用温柔纤细的笔触，记录了她的两个儿子——安安和飞飞的成长故事。其中，有一篇题为《葛格和底笛》的文章，深深触动了我。字里行间，我看到了哥哥的受伤和失落，弟弟的天真和狡黠，龙应台作为母亲的自责和反省。我读了一遍又一遍，认真地告诉自己，将来，有了老二后，一定不能让姐姐受伤和失落。

我以为我已经做好了心理准备，我以为对两个孩子的爱能做到"一碗水端平"，然而，当老二真的来了，要时刻保持母爱的天平不偏不倚，确实不是一件容易的事。

妹妹出生那天，我清晰地记得，当医生将 6 斤 6 两重的妹妹放在我身边，推着我们走出产房时，你们的爸爸正抱着 3 岁 2 个月的姐姐，等候在产房门口。看到这个小小的婴儿，姐姐脱口而出：“好可爱啊!”这是姐姐对刚来到人间的妹妹的第一声问候!

住在医院的日子里，姐姐一从幼儿园放学，就迫不及待地跑来医院看我和妹妹。妹妹安安静静地躺在我身边的小床里，上面盖着一层防蚊子的丝巾。姐姐会小心翼翼地掀开丝巾，久久地端详妹妹的小脸蛋，陶醉地说：“妈妈生的宝宝好漂亮啊!”然后，姐姐会爬上我的床，乖乖地躺在我身边，搂着我的脖子说：“妈妈，我想和你睡，你好久没有陪我睡了。”听得我一阵心酸。

姐姐面临的第一个“考验”，是第一次离开我一个月。由于幼儿园就要放暑假了，为了让我安心坐月子，你们外公外婆建议把姐姐带到老家，等妹妹满月后再去老家接姐姐。

听说要跟外公外婆住一个月，姐姐当然不愿意。姐姐从出生后就一直在我身边，即使 8 个月断奶时，也没离开过我。我一直觉得，孩子断奶时，忽然没有母乳吃了，对她来说，一定很焦虑。再让孩子看不到妈妈，无疑是雪上加霜。所以，姐姐断奶时，我也坚持把她留在身边。晚上，哄姐姐喝了奶粉，我抱着她来回走、来回拍，姐姐就乖乖睡着了。

后来，不知我父母用了什么巧妙的方法，竟然做通了姐姐的思想工作。记得我出院前的一天，姐姐来医院和我告别。姐姐站在床沿边说：“妈妈，我待会就要去外公外婆家了，你一个月后记得来看我哦。”然后，嘟起小嘴，在我额头、下巴、左脸、右脸、脖子前、脖子后各亲了一下。这个亲法，是姐姐自己发明的。每次我亲姐姐额头或脸颊时，姐姐就会回报我六个亲亲，似乎只有这样才能充分表达姐姐对我满满的爱。

有那么一瞬间，我真的想把姐姐留下来。但看到姐姐已经开心地计划着到外婆家后要怎么玩时，我也就放心了。这是否算是姐姐因为妹妹的到来而做出的第一次“让步”呢？

满月后，我带着妹妹去了新昌。看到姐姐长高了、变胖了，很是欣慰。外婆告诉我，头几个晚上，姐姐一直哭着要妈妈。一听到“妈妈”的字样，就情不自禁地“哇哇”大哭。比如，外婆给姐姐唱“小兔子乖乖，把门儿开开，不开不开我不开，妈妈没回来”时，听到“妈妈”两字，原本在唱儿歌的姐姐，就委屈得抽抽搭搭地哭了。从此，无论是唱儿歌，还是讲故事，外婆都小心翼翼地避开“妈妈”二字。晚上睡前，姐姐哭着想妈妈，睡不着，外婆就只好抱着她在房间里来回走、来回拍……或许，这是姐姐熟悉的妈妈经常有的动作，就渐渐平静下来，睡着了。

听外婆讲这些时，我心疼地流下了眼泪。既心疼外婆这么大年纪还这么辛苦地帮我带娃，也心疼姐姐想妈妈时，妈妈却不在姐姐身边……

此后，姐妹俩开始了朝夕相处的日子。在一点一滴的相处中，姐姐渐渐感受到了妹妹对她的“威胁”和妈妈对她的“冷落”。

我给妹妹哺乳时，姐姐会在旁边目不转睛地看，有时一脸羡慕，有时一脸失落。我告诉姐姐：“你这么小时，妈妈也是这样喂你的哦。”姐姐委屈地说：“外婆说你来新昌后，外婆会带妹妹的。可是，你还是经常管妹妹，不管我。”

晚上，我哄妹妹睡觉时，姐姐也要我哄。或许，在姐姐心里，被妈妈抱着来回走、来回拍的情景，是记忆中最美好的时光。可是，有了妹妹后，我总是说：“妹妹还小，妈妈必须先把妹妹哄睡，你先乖乖去睡，妈妈待会陪你。”姐姐总是委屈地哭着说：“凭什么啊？为什么妹妹小就必须先哄妹妹啊？为什么总要我一个人睡啊？”当我终于把妹妹哄睡，再去看姐姐时，姐姐的枕头总是湿漉漉的。可以想象，姐姐一定是流着眼泪睡着的。那一刻，我对姐姐充满了歉意。

人往往就是这样矛盾，一边觉得姐姐还小，对姐姐也要多点关心，一边觉得姐姐为妹妹让步是应该的。每每看到姐姐“欺负”妹妹（其实不是欺负），就会情不自禁地批评姐姐。

记得妹妹两个多月时，有一天，我抱着妹妹，外婆牵着姐姐的手，一起去楼下散步。下楼梯时，我走在前面，姐姐跟在后面。一不小心，姐姐的脚碰到了妹妹的头。当时妹妹是个“小光头”，几乎没有头发。我一边心疼地揉着妹妹的脑袋，一边大声批评了姐姐。姐姐一边散步一边哭，两眼通红。

印象最深的一次，也是我唯一一次动手打姐姐的一次，是姐姐读幼儿园大班时。那天，我带你们去逛超市。你们喜欢吃各种口味的果冻，我就让你们各自挑选了一些。付钱后，我向营业员要了两个塑料袋，让你们分开装，一人一袋。姐姐动作麻利地将自己挑选的果冻装进了自己的袋子。妹妹动作慢，看到有几个自己喜欢的果冻被姐姐挑走了，就急得大哭。我没有问清事情原委，就让姐姐从袋子里拿出几个给妹妹，但姐姐不肯。我很生气，说："你是姐姐，连小小的果冻都要和妹妹抢，太不应该了。"姐姐依然不肯，妹妹继续大哭。原本，我从不在超市这样的公共场所批评孩子，但那一刻，不知为何，我的火气一下子就上来了。我严厉地对姐姐说："我数一二三，你再不给妹妹的话，我就要打了。"姐姐很倔，坚持不给。我终于控制不住自己，在姐姐脸上打了一巴掌，并夺过了她手中的袋子。这是我唯一一次打姐姐。如今想起，仍感觉像打在自己脸上一样火辣辣的疼。除了自责，还是自责。

姐姐顿时大哭，边哭边说："这些果冻都是我自己挑的，妹妹如果要，可以自己去超市挑，为什么要抢我的呀!"那一刻，我才明白，姐姐坚持不把果冻给妹妹，也是有她的道理的。我这样批评姐姐，是不是太偏心了？或许碍于面子，我没有对姐姐说妈妈错怪你了，而是选择沉默。

我一声不吭，抱着妹妹往家走。姐姐抹着眼泪，默默跟在我后面。或许我走得太快，等我走进小区时，回头一看，却不见了姐姐。我赶紧抱着妹妹往超市方向找，依然不见姐姐。只好再回到小区问传达室的保安师傅，是否看见过姐姐。热心的保安师傅说："没留心，我骑自行车去小区里找找吧。"

当时的我，心急如焚，六神无主，满脑子是各种恐怖的后果。正要抓狂时，保安师傅说：“找到了，找到了，就在你家楼下的草坪里坐着呢。”我抱着妹妹一路狂奔，终于看到草坪上那个小小的身影，正是姐姐。看到我的那一刻，姐姐怯生生地对我说：“妈妈，你走得太快，我走着走着就看不到你了。家里没人，只好在楼下等你……”那一刻，我的眼泪夺眶而出，刚才我都对姐姐做了些什么啊！我紧紧地抱住姐姐，说：“刚才妈妈错怪你了，我们回家吧。”

这件事，对我的触动和影响很大很大。我深深认识到，姐姐也是小孩，也需要妈妈的呵护和照顾。身为一个母亲，绝不能因为怜惜老二而苛责老大。从此，我经常有意识地表扬姐姐懂事，是妈妈的好助手，让妹妹向姐姐学习。

或许因为我发自内心地爱你们中的每一个，你们从生活中的点点滴滴也感受到了这一点。渐渐长大的你们，很少再为这些事情“争宠夺爱”，也不再怀疑我是否偏爱你们中的任何一个。

孩子，你俩都是妈妈的宝贝。从出生到现在到将来，你俩在我心目中的分量，是完全一样的。或许，因为妈妈的鲁莽、急躁，曾让姐姐流过许多委屈的泪水，但妈妈一直在学习，在努力，争取做一个让你俩都开心、都满意的，公平、公正的好妈妈。

2016 年 9 月 28 日

不想用爱绑架你

亲爱的欢乐：

某天，吃晚饭时，姐姐兴致勃勃地说："学校开了一门游泳课，全班有一半同学报名参加呢!"稍作停顿，姐姐若有所思地说："有些同学其实也想报名，但爸爸妈妈不同意，说是担心他们会着凉。"

对于孩子来说，一些小乐趣、小活动，都值得期待、值得憧憬。那些因为父母反对而不能去学游泳的孩子，是否因此有些失落呢?

我想到了 2015 年暑假的舟山夏令营。

那年暑假，绍兴晚报小记者协会组织为期一周的舟山夏令营，小学一年级以上的孩子可以参加。妹妹还在读幼儿园，姐姐兴高采烈地报名了。从报名情况看，大多是小学五年级以上的孩子。向来人小胆大的姐姐，自信满满。

出发第一天的当晚，姐姐兴奋地给我打了一个电话，告诉我，住在大学宿舍里，宿舍的床很好玩，下面是书桌、上面睡人。四个小朋友一间，9点半熄灯……我说，妈妈很羡慕你们，你们好好玩吧，有事情可以找带队老师哦。

一周很快就过去了，姐姐回来了，兴奋地向我们展示亲手做的大虾标本和沙滩上捡来的漂亮贝壳，叽叽喳喳地述说着夏令营的种种趣事。比如，第一个晚上，9点半熄灯后，4个小女孩太兴奋，睡不着，就在被窝里起劲聊天。聊着聊着就饿了，于是摸黑找出书包里的零食，像四只小老鼠一样窸窸窣窣吃着。我一边听，一边想，这样的深夜卧聊和分享美食，一定会烙印在孩子们的记忆里，且随着时间的推移而温暖无比。

末了，姐姐搂着我脖子说："妈妈，我很欣赏你。"我忙问欣赏什么，姐姐说："好多妈妈每天都会打电话来查岗，问吃得好不好？睡得好不好？穿得够不够多？有些小伙伴说都不想接电话了。而你，一直都没有来查我。"我说："那是，你是小小女汉子嘛，我很放心。"

我对你们，向来很放心。我一直觉得，父母和子女之间，从孩子出生那天起，就是一点一点放手的过程。襁褓中的宝宝，要大人抱着、背着。再后来，孩子会爬了，会坐了，会走了、会跑了……于是，父母就可以渐渐放手了。

身体上的放手或许是简单的，心理上的放手或许并不那么容易，尤其是对父母来说。很多时候，不是孩子离不开父母，而是父母离不开孩子。

父母一定不要以爱的名义，干扰孩子的成长。

是的，父母爱子女，是天性。但父母的爱，需要在合适的时候放手，或者说需要有意识地节制。否则，“关心则乱”，或者，“好心办坏事”。记得有一个周日，我带你们去金华双龙洞玩，傍晚时分赶到奶奶家吃晚饭。玩了一天，你们累了，吃饭时有些无精打采。我说没事，吃完饭，洗个澡，睡一觉就好了。但爷爷奶奶很担心，就一直关切地问你们：“是不是心情不好？有没有生病？要不要紧？待会去看看医生吧？”其实，真的没事。第二天，你们又活蹦乱跳了。

有一次，听心理学家张怡筠女士的讲座《遇见更幸福的自己》。她说：“在婚姻关系中，女人要让男人上瘾，而不是上锁。”无独有偶，杨澜在她的新书《世界很大，幸好有你》中也有这样一段话：“如果你把婚姻看作围城，还天天蹲在门口看守着，那么城里的人就难免成了囚徒。如果你把城门的钥匙交给对方，他留下来的原因，只是因为他愿意，这围城就成了遮风避雨的家。无论走多远，他都会回来。所以，如果你爱他，就给他自由和快乐。”

这两段话是在说夫妻相处之道，其实也适用于父母与子女之间。如果你们是风筝，我愿意将我对你们的爱，化作风筝下面那根细细的线。清风徐徐吹来，我缓缓抖动这根线，让你们在空中自由飞翔。必要时就松手，让你们飘向你们想去的地方。

我不想让这份爱，变成五花大绑，一圈一圈绑在你们身上，束缚住了你们原本可以自由奔跑的步伐。

忽然想起那个“掩耳盗铃”的成语。我们嘲笑盗铃者的傻，其实，我们有时也会犯这样的傻。比如，孩子明明长大了，明明有自己的想法了，发出自己的声音了，我们却捂住自己的耳朵，表示听不见，并以爱的名义，继续要求孩子听我们的。父母要告诉自己，既不能“揠苗助长”，也不能“掩耳盗铃”。

黎巴嫩诗人纪伯伦写过一首诗——《致我们终将远离的孩子》，感动过无数父母。写得太好，我忍不住将全文引用如下：

> 你的儿女，其实不是你的儿女，他们是生命对于自身渴望而诞生的孩子。
>
> 他们借助你来到这世界，却非因你而来。他们在你身旁，却并不属于你。
>
> 你可以给予他们的是你的爱，却不是你的想法，因为他们有自己的思想。
>
> 你可以庇护的是他们的身体，却不是他们的灵魂，因为他们的灵魂属于明天，属于你做梦也无法达到的明天。
>
> 你可以拼尽全力，变得像他们一样，却不要让他们变得和你一样。因为生命不会后退，也不在过去停留。
>
> 你是弓，儿女是从你那里射出的箭。弓箭手望着未来之路上的箭靶，他用尽力气将你拉开，使他的箭射得又快又远。怀着快乐的心情，在弓箭手的手中弯曲吧，因为他爱一路飞翔的箭，也爱无比稳定的弓。

孩子，我愿像诗人说的那样，“怀着快乐的心情，在弓箭手的手中弯曲”，祝愿你们一路飞翔，去任何你们想去的地方。

2016 年 10 月 2 日

猜猜我有多爱你

亲爱的欢乐：

有一天，在送你俩上学的路上，我心血来潮，问你们，和妈妈在一起的这么多年里，你们印象最深的一件事是什么？

我以为，你们会说我带你们去哪里哪里玩，或者你们生病时我守护在你们身边之类的故事。没想到，你们说了两个我几乎快要忘记的场景。

姐姐说："有一次，妈妈带我去看杨丽萍的《孔雀》舞。那时妹妹还小，妈妈只带了我。我记得我们先去超市，妈妈买了好多我爱吃的零食。有了妹妹后，妈妈很少单独带我出门，也很少长时间抱我。但那次看演出，好像两个多小时，妈妈一直抱着我。我坐在妈妈腿上，感觉特别开心！"

妹妹说："我刚上幼儿园的时候，特别不愿意离开妈妈，但妈妈很忙，总是没时间来幼儿园看我。有一次，奶奶送我去幼儿园。过了一会，妈妈也来幼儿园，手里拿着我忘穿了的外套。妈妈走后，我跑到阳台上，看着妈妈停在幼儿园门口的红色小车缓缓离开。后来，我总喜欢有事没事跑去阳台看看，说不定妈妈的红车又会出现了呢！”

你们讲完这两个故事，就到学校了。走下汽车，你们回头，挥手和我说“再见”，我也微笑着和你们说“晚上见”。望着你们小小的背着书包远去的背影，我有些自责和愧疚。原来，一向自认为够细心的我，和你们相比，其实，远远不够、不够……

多年前，还是你们上幼儿园的年纪，我陪你们一起看过一本绘本——《猜猜我有多爱你》。这本绘本讲述了一只小兔子和妈妈在睡前聊自己有多爱对方的故事。小兔子用自己身体上的部位或动作来比喻自己对妈妈的爱。可是无论小兔子怎么想、怎么说、怎么比喻、怎么形容，妈妈总是轻而易举就超过了它——它的双臂没有妈妈长，它的胳膊没有妈妈举得高，甚至跳起来也不如妈妈高。最后，小兔子想累了，看着月亮告诉妈妈：“我爱你，一直到月亮那里。”妈妈没有急着回答，而是把小兔子轻轻地放到了树叶铺成的床上，低下头来，亲亲它，微笑着告诉它：“我爱你，一直到月亮那里，再从月亮上绕回这里。”

不知为何，读完这个原本是赞美母爱深沉伟大的故事，触动我内心的，不是兔子妈妈，而是那只纯真可爱的小兔子。字里行间，满满都是小兔子对妈妈无穷无尽的爱啊！

你们刚才告诉我的两个场景，也正如故事中的小兔子，满满都是对我的爱，让我潸然落泪。

在姐姐心里，其实一直渴望能多被我抱抱、亲亲，能享受我的宠爱和呵护。可是，现实生活中，自从妹妹出生后，4 岁的姐姐虽然自己也还是一个小不点，但一直被我鼓励要做一个懂事、大气的姐姐。我常常对姐姐说："妈妈工作忙，你当妈妈的小帮手，帮我一起照顾妹妹哦!"姐姐听了这些话，不知是该高兴呢？还是不高兴呢？高兴的是，妈妈这么看得起我，说明我能干。不高兴的是，我明明自己还是小孩嘛，为什么要对我有这么高的期望？

可是，不管姐姐高不高兴，我就这样把姐姐锻炼成了小小"女汉子"：洗漱时，姐姐会帮妹妹拧毛巾；洗澡时，姐姐会帮妹妹搓背；洗完头发，姐姐会用吹风机把妹妹头发吹干……有时候，送姐妹俩上学，看到姐姐和同学们走在一起，明显比同龄人矮一截、小一圈，心里会忽然一酸，觉得姐姐还只是一个需要妈妈照顾的小孩。

那个让姐姐难忘的看杨丽萍演出的晚上，因为妹妹不在场，姐姐独享了我的拥抱和宠爱。姐姐心里，一定是一种久违了的温暖。姐姐脸上，也一定洋溢着被妈妈呵护的光辉吧？

而妹妹呢？和姐姐相比，妹妹感情更加细腻，更加敏感。每次和我分开，都是依依不舍的样子。比如，如果我第二天要出差，今晚告诉姐妹俩后，妹妹就会一个劲地问："妈妈，你什么时候回来呀？可不可以不出差呢？能不能早点回来啊？"我总是笑话妹妹搞得像"生离死别"一样。她刚上幼儿园那会，性格很内向，不爱说话。每当我鼓励她大胆说话时，她就轻声轻气地对我说：“妈妈，我是一个不爱说话的小女孩。”

可以想象，她刚上幼儿园的日子，内心其实是孤独的、落寞的。或许一天到晚都在想着早点放学，早点回家，早点见到妈妈。我的红色小车停在她幼儿园门口的那一幕，就像拍照时的特写，深深地定格在了她的心里。就像守株待兔故事中的那个农夫，只是偶尔遇见了兔子，却以为从此每天都有可能再遇见，年幼的妹妹也一定以为，妈妈的红色小车从此会经常出现在幼儿园门口。所以，她就经常跑到阳台上张望……

想到这里，我深深叹了一口气。或许，在成人的世界里，孩子只是我们的一部分，而在孩子的世界里，特别是 7 岁以下的孩子的世界里，父母是他们的整片天空。很多时候，我们以为我们很爱孩子，为孩子付出了很多、很多，对她们的爱已经足够、足够。其实，孩子更爱我们，孩子对我们的爱，或许更深、更深。

每次听阎维文唱的《母亲》，听到“你入学的新书包有人给你拿，你雨中的花折伞有人给你打，你爱吃的三鲜饺有人给你包，你委屈的泪花儿有人给你擦，啊，这个人就是娘，这个人就是妈，这个人给了我生命，给我一个家……”时，我就忍不住热泪盈眶。我不仅想到自己小时候在外面受了委屈哭着找妈妈的情景，也想到了你们哭着扑向我怀里时的样子。

孩子，在这个世界上，孩子和母亲之间的感情，就像《猜猜我有多爱你》中的小兔子和妈妈，当你很爱、很爱一个人的时候，你会想把这种感觉描述出来。但，就像小兔子和妈妈发现的：爱，不是一件容易衡量的东西。

爱，只可意会，不可言传。那么，就让我们一起猜猜我有多爱你吧！

2016 年 10 月 8 日

因为爱，所以爱

亲爱的欢乐：

某天，我埋头在电脑前写文章。妹妹悄悄走过来，摸摸我的脖子，说：“妈妈，记得保护好自己的颈椎哦。”一边说，一边用小手帮我敲背，这里揉揉，那里捏捏。

某天，我们一起在楼下散步。我走路，你们骑自行车。拿着手机的我，不知不觉又成了“低头族”。这时，姐姐骑车过来，说：“妈妈，我想你骑自行车载我。”我同意了。当我用力踏着自行车时，姐姐坐在后座说：“妈妈，其实我是不想让你看手机。这么暗的光线，看手机对眼睛不好哦。”

都说女儿是妈妈的小棉袄，随着你们渐渐长大，我越来越感觉到了小棉袄的温暖。

我记得，每到冬天，我手脚都特别怕冷。于是，你们经常自告奋勇地陪我睡觉，帮我焐手、焐脚。

我和你们约定，平时你们自己睡，周末可以和我一起睡。于是，周末的晚上，你们特别开心，像两只小兔子般，“哧溜”

一下钻进被窝，替我把被窝焐热。当我钻进被窝时，暖和极了。我睡中间，你们一个在左，一个在右，默默地把我的冷手、冷脚放到你们的肚子或大腿上。我知道温暖的身体遇到冰凉的手脚时，是多么难受的滋味，就执意不肯。你们却说："没事啦，我们不怕冷。"

我也记得，2015 年我生日那天，你们刚好在外婆家。晚上，你们特地打来电话。姐姐说："妈妈，我房间书桌底下有个纸袋子，里面是我给你准备的生日礼物哦！"妹妹说："妈妈，我书桌第一个抽屉里，也有礼物哦！"原来，你们去外婆家之前，就已悄悄准备好了送我的礼物，生日当天给了我这份惊喜。

接完电话，我赶紧找出了这两份礼物。姐姐的礼物是一把扇子，扇面上是姐姐写的工工整整的毛笔字——祝妈妈生日快乐！妹妹的礼物是一张画，画的是相亲相爱的一家人，牵着手在公园玩。那一刻，我想象着你们悄悄为我准备礼物时的神情和动作，会心地笑了。

我也记得，每次我出差回家，打开门的瞬间，你们总是扑进我怀里，给我一个大大的拥抱。曾经有段时间，我经常出差。每次出差，我都会在当地给你们买一点特产作为礼物。有时太匆忙，来不及买，就把飞机上发的面包、酸奶或者水果带给你们，略表心意。

有一次，又要出差前，你们懂事地对我说："妈妈，你赶时间，不要给我们买礼物了，不是每次出门都要给我们带礼物的哦。"那一刻，在你们清澈的眼睛里，我读懂了什么是"善解人意"。

喜欢谢霆锋唱的《因为爱，所以爱》。“不是为了什么回报，所以关怀。不是为了什么明天，所以期待。因为爱，所以爱。”是啊，无论是父母对孩子的爱，还是孩子对父母的爱，都不是为了什么回报，而只是因为——爱。

对于世上所有不求回报的爱，最好的回应，就是为彼此好好保重自己，做更好的自己。

生命可贵，每个人都只拥有一次生命。珍爱自己的生命，健健康康、平平安安地活着，爱自己，就等于爱家人。

前几天，和你们聊了某女大学生因为失恋而选择轻生的事。我认真地告诉你们：“人的一生中，难免会遭遇各种挫折，比如失恋。但无论遭遇何种挫折，都要明白，身体发肤，受之父母，要为爱你们的父母好好活着，绝对不要为不爱你们的人糟蹋生命。”

姐姐紧接着就豪气地说：“这个女孩太傻了。那个男孩已经不爱她了，干嘛还要为他自杀呢？男孩会觉得和他半毛钱关系都没有呢。”我给了姐姐一个大拇指，说：“这就对了！”

是的，我们要为爱我们的人，好好活着。不要为不爱我们的人，伤心、生气、抱怨、嫉恨。

妈妈希望，你们内心永远有个会发光发热的小宇宙，永远记得父母会无条件爱你们。当然，也永远记得——对父母最好的回应，就是活好你们自己。

2016年10月12日

将我心，比你心

亲爱的欢乐：

在给你们写信的过程中，常有朋友问我："你是不是看了很多育儿或亲子教育方面的书？"其实，我很少看专业的育儿书。我只是一直在想，遇到任何事情，站在你们的角度，我会怎么办？身为母亲，我还记得自己小时候的想法吗？

台湾作家蒋勋说："也许我们已经忘了自己在十五岁左右的时候曾经梦想过什么，曹雪芹却没有忘。他把这个青春的梦想变成了《红楼梦》这样的文学巨著。青春，每个人都或多或少有过，最后，却或早或晚都忘记了……"

我庆幸自己没有忘记。因为，我有写日记的习惯。翻看那些年的日记，我把自己童年和青少年的记忆，重温了一遍又一遍。就像经过漫长的江南梅雨季节，衣服都快发霉了。雨过天晴后，赶紧把衣服抱到太阳底下好好晒晒。往事，也如同这些衣服，需要经常"晒晒"，常常想想。否则，时间久了，往事就真的成了往事，腐烂、消逝在记忆深处，再也想不起来。甚至，我们还会怀疑，这些事到底有没有发生过。

我对往事的记忆力还不错，从幼儿园开始的人生故事，似乎都历历在目。比如，我记得，5岁时第一天上幼儿园，我是插班生，胆小内向，独自坐在座位上，不说话。傍晚，你们的外公外婆来幼儿园接我。我躲在走廊尽头的柱子后面，看他们和老师交谈，担心老师说我不乖。

我也记得，在幼儿园里光脚走路，被图钉扎了，疼得大哭。回家后却不敢告诉父母，怕妈妈批评我走路时不穿鞋子。我还记得，在幼儿园午睡时，和邻铺同学挤在一个被窝里咬耳朵。看到老师走过来，就连忙装睡。后来，我发现只要眼睛看着鼻尖，从老师的角度看过来，就和睡着了一样，且眼皮不会跳动。为此，我窃喜了好一阵子。

这些都是30多年前芝麻绿豆大的小事，但不知为何，似乎一直就在记忆深处，不离不弃。连你们的外公外婆都惊讶地说："好多事情我们都不记得了，你当时那么小，怎么记得那么牢？"

对往事记得太牢，不知是好，还是不好？好的是，冬日暖阳下，回忆往事也是挺幸福的；不好的是，脑袋里尽是这些陈谷子烂芝麻的事，不是浪费脑容量么？

或许，正因为我保存着这些童年和青少年时的记忆，所以，我的心里，一直住着一个孩子。你们的想法，我一直都能感同身受。

比如，我理解你们喜欢看《中国好声音》《爸爸去哪儿》《奔跑吧兄弟》等综艺节目的心情，也理解你们喜欢那英导师、林志颖父子、杨颖和郑恺的心情。因为，我自己小时候，就很喜欢追星。

从小学到初中，我追过很多港台明星。基本上，每看一部港台电视连续剧，就会喜欢上剧中的男女主人公。那时很流行明星贴贴纸，学校附近的杂货店里，或者沿途的路边摊，随处可见。

我们一群女学生，隔三差五就会去小店里或路边摊转转，看看有没有喜欢的明星新款贴贴纸。我喜欢过的女明星有曾华倩、翁美玲、刘雪华、赵雅芝、陈德容等，男明星好像只有温兆伦和江华。

我们买明星贴贴纸的心情，一如大人们收集邮票。买来后，不舍得马上贴掉，而是整整齐齐放在文具盒或书包里。女同学之间，会时常交换，互通有无，看谁收集的明星贴贴纸花色新、品种多。

我很佩服一位小学女同学，她收集的翁美玲贴贴纸，最丰富多彩。古装、现代装、生活照，应有尽有。有一天，这位女同学还兴奋地告诉我，万一衣服破了，可以将贴贴纸贴在破洞上，既漂亮，又方便。当时的我，觉得她真聪明，我怎么就没想到呢？这么多年过去了，如果下次开同学会时相聚，我倒要问问她，用贴贴纸补破洞的衣服，还能用水洗吗？

如今，看到你们雷打不动准时收看每周五晚上的《奔跑吧兄弟》，我表示十万个理解。如果有时间，我还会陪你们一起看，一起笑翻在沙发上。和你们喜欢“小鲜肉”郑恺不同，我更喜欢“老男人”邓超，哈哈。

再比如，我也理解你们对衣服的选择。这方面，有两件事让我印象深刻。

第一件事，是 20 世纪 80 年代，我读幼儿园时。那时，小女孩们特别流行穿大红色背带裙，就是那种从腰到肩有两根背带，裙子长度到膝盖，腰部有好看褶子的款式。

1987 年夏天，我幼儿园毕业，要拍毕业照。老师让我们女孩子统一穿红色背带裙和白衬衫。我回家后兴奋地告诉了妈妈，妈妈连忙带我去裁缝店里选了布料，量了尺寸。

几天后，我穿着崭新的背带裙，兴高采烈地去了幼儿园。可是，当我看到其他小朋友的背带裙时，顿感失落。她们的背带裙好像都是商场里买的，都是一样的红色，一样的款式。而我呢，颜色不是大红，有点枣红。款式么，其他小朋友都是两根肩带，而我除了两根肩带，还在胸前多了一个口袋。或许这是裁缝阿姨怕我着凉，特地多做的吧。

那一刻，我真想让妈妈再帮我买一条和其他小朋友一样的背带裙。但当天就要拍毕业照了，来不及了。即使来得及，在那样一个经济拮据的年代，再买一条裙子，也是挺奢侈的事。

于是，在幼儿园毕业照上，我坐在一群小女孩中间，显得有些“格格不入”。从此，虽然这条裙子是新的，但我总不太喜欢穿。后来，我个子高了，也就穿不着了。

第二件事，是 20 世纪 90 年代，我读初中时。某年冬天，妈妈买了一块玫红色的羊毛面料，让裁缝为我做一件新大衣，过年时穿。我很喜欢这个颜色，对穿新衣充满了期待。可是，大衣做好后，并不是我喜欢的款式。我喜欢圆领的可爱风格，但裁缝做的，是小西装领、收腰的干练风格。你们的外婆觉得这个款式很时髦，挺满意，但我觉得这不是我喜欢的款式，不满意。

于是，这件新大衣的“亮相”机会少得可怜，我好像只在过年和表姐结婚时穿过，平时就将它束之高阁。再后来，我将这件几乎全新的大衣，送给了一位喜欢它的朋友，大衣总算找到了真正的主人。

从这两件小事里，我明白了，对于同一件衣服，不同年龄的人，眼光是不同的。在我眼里好看的衣服，在你们眼里，或许并不咋样。每个人都是自己衣服的主人，喜欢穿什么衣服，应该由自己决定。从你们懂事起，我就提醒你们，明天要穿什么，你们今晚睡前想好放好哦。

当然，我也会在平时的聊天中，有意无意地和你们聊聊“穿衣经”，讨论一下怎样搭配更好看。你们学了画画后，对色彩搭配有了自己的眼光和品位，偶尔还会对我的穿着打扮点评一番。爱美，是女人的天性。把自己收拾整齐了，才是对别人的尊重。

人生，对每个人都很公平。我拥有过无忧无虑、天真烂漫的童年，经历过跌宕起伏的少年、青年，正稳步走向日益成熟的中年。我希望自己人到中年时，仍不忘自己童年、少年、青年时的那些“糗事”和“梦想”，仍能和你们打成一片。

将我心，比你心，我愿一直做你们的知心朋友，好么？

2016 年 10 月 17 日

不说“为了你”

亲爱的欢乐：

周末，送你们上兴趣班时，总会看到一群妈妈们坐在一起聊天。妈妈们感慨：“为了孩子，没时间逛街，没时间旅游，没时间和朋友聚会……等孩子大了，我们却老了。”

当妈妈们在聊这些时，我一般都会见缝插针去处理一些琐事，比如去银行取钱，去邮局取稿费，去常逛的几家店铺买衣服，或者抽空做个面膜……你们学你们的，我忙我的，彼此的时间都没有浪费。

或许，很多孩子在成长的过程中，都多多少少听过这些来自家长尤其是妈妈的苦口婆心的唠叨。或许，在妈妈看来，说这些是为了表达对孩子的爱，希望孩子理解并感恩妈妈的付出。而在孩子眼里，这些话听多了，却未必会被感动，反而会在心里嘀咕：“我又没要求你这么做，干嘛把责任都推到我头上？”

你们还没出生前，我就告诉自己，不要做一个“怨妇”式的母亲。不要对你们说“为了你，我做出了如何如何的牺牲”

之类的话。10 多年过去了，我想，我应该做到了。

于丹在《从星空到心灵》一书中，有这样一段话：“当女人觉得她为家庭、事业做出了牺牲，这就给她的抱怨找到了最佳理由。她会跟孩子说，妈妈就是为了你才弄得蓬头垢面，你不好好学习，你对得起我吗？然后对老公说，我就是为了这个家才操劳成这样，你不好好爱我，你对得起我吗？当一个人总是这样抱怨的时候，就是以爱的名义进行亲情之间的绑架。”

我不想用爱的名义去“绑架”你们，也不想用爱的名义去“埋怨”你们。我一直相信，在爱的世界里，没有值不值得，只有愿不愿意。当我们对孩子说“为了你，我如何如何”时，其实潜意识里，已经在“计较”我们的付出值不值得，会不会有回报。

我始终认为，父母对孩子的“付出”，本身就是父母心甘情愿的。这个付出，和孩子无关。付出本身，就是快乐的自我满足。

余光中先生曾经写过一篇散文《左手的掌纹》。他说：“人的一生有一个半童年。一个童年在自己小时候，半个童年在自己孩子的小时候。”你们的到来，让我重温了那半个童年。所以，这十多年来，我一直不觉得我为你们付出了什么，反而时常觉得，你们给了我很多、很多。

从小到大，我的性格中，总是有一些“多愁善感”的成分。有过青春期的孤独，也有过刚从校园到社会时的焦虑；有过浑浑噩噩过日子的迷茫，也有过找不到人生方向的悲观。

然而，这一切，在我成为母亲后，有了根本的改变。生活，变得越来越饱满而有张力，丰富而有期盼。不管身处顺境或逆境，只要和你们在一起，看到你们依依求抱的眼神和憨态可掬的样子，我就有一种被需要的自豪感。心，变得越来越笃定、充实。能够爱与被爱，这是生命的幸福和奢侈，所以，哪来的“牺牲”呢？

2015 年 6 月播出的《杨澜访谈录》，访谈嘉宾是杨振宁先生和翁帆女士。在看那期节目之前，我对杨、翁的“忘年恋”也有些不理解。但看过那期节目后，对他们的爱情和婚姻，忽然有了一些理解和认同。他们在节目中多次谈到，婚后的 11 年，谁都没有认为自己为对方作出了“牺牲”。节目最后，杨先生还自信、幽默地说：“年老的杨振宁愿意看到翁帆再婚，年轻的杨振宁不愿接受翁帆再婚。”

杨先生和翁帆的互不谈“牺牲”，让我感到，他们的爱是健康的、阳光的。由此想到，无论是父母与孩子之间，还是夫妻、恋人之间，如果将“为了你，我做出了多大牺牲”挂在嘴边，这样的爱的表达方式，无疑是有问题的。

爱之道无他：用对的方法，爱对的人。我们常说“任劳任怨”，就是既要“任劳”又要“任怨”。如果只“任劳”不“任怨”，那么，所有的“劳”，或许都白费了。更何况，本来就没有什么好怨的啊。

一切抱怨，都是对光阴的浪费。一切付出，只是因为——我愿意。

2016 年 10 月 21 日

在一起的时光

亲爱的欢乐：

前不久，我把写给你们的信《清贫的日子一样有滋有味》发给你们外公看。外公看完后，用并不熟练的打字技术，发来了长长的一条短信："这样很好，对欢乐的教育，在饭桌上、在车上、在家里，都可以用闲聊的方式进行，不要用说教方式。现在条件再好，但吃苦耐劳、勤俭节约、努力上进的中华民族优良传统不能丢。如一个人从小就贪图享受，吃不起苦，受不了挫折，那这个人长大后也只是一个废物。"

外公的短信，恰如一根可以穿越时光的魔法棒，唤醒了你们的外公外婆陪伴我长大的那些"在一起的时光"。

父母和儿女"在一起的时光"，究竟有多少？如果高中毕业考上大学，意味着儿女要展翅高飞，那么，和父母朝夕相处的日子，也就是儿女从出生到高中毕业前的19年而已吧。

在这19年里，白天，父母要工作，孩子要上学。所以，就每一天而言，父母和儿女“在一起的时光”，其实只有晚上那短短的几个小时吧。

在这宝贵的几个小时里，父母和儿女，会做些什么呢?

我很看重和你们在一起的时光，一如当年你们的外公外婆很看重和我在一起一样。这，或许就是你们的外公、外婆传递给我的“爱的教育”。我，又传递给了你们。

在我心里，陪你们吃晚餐的时光、饭后一起牵手散步的时光、睡觉时在被窝里聊天的时光，都是很美好的时光。

我一直相信，懂事的孩子，不是教出来的，而是聊出来的。和你们海阔天空地聊，没心没肺地聊，没大没小地聊，比正襟危坐地说教，要有意思得多，也有意义得多。

有时，上班路上，我听到一个有意思的新闻，或者听到一首打动我的好歌，我会在红灯停车间隙，随手记在便签条上。然后，在晚餐桌上，和你们分享。有段时间，经常出差，好几天没有回家陪你们吃晚饭，你们在电话里无比怀念地说：“妈妈，没有你的晚餐，有点冷清唉。”

关于晚餐桌上的温暖记忆，贯穿了我的童年和青少年。

小时候，你们的外公外婆和我的交流、谈心，大部分是在晚餐桌上完成的。每到黄昏，倦鸟归巢。我们一家人在橘黄的灯光下，围在小方桌边，吃着热气腾腾的晚餐，是一天中最热闹的时刻。外公爱看书读报，关心国家大事，外婆是厂里的医生，和全厂职工打交道，消息灵通。于是，我们家的晚餐桌上，总是一边吃，一边聊，从国家大事到身边小事，聊得不亦乐乎。

除了晚餐桌，我和外公聊的最多的，还有一条路——从我学校到父母工作单位的路。

我的学校在县城中心，外公外婆工作单位在城东。每天中午，我步行半个多小时，去外公外婆单位的食堂吃饭。一路上，要经过一堵长长的旧城墙，一条白晃晃的水泥石子路和一大片绿油油的田野。我们有三五同学同行，一路上说说笑笑，打打闹闹，倒也不觉得路途遥远。

学校放学时间比外公下班时间早。于是，外公和我约好，我放学后直接往单位方向走。等他下班后，就骑自行车来我学校，一般会在半路碰头。

坐在外公那高大的28寸自行车前面的横档上，真有一种无法言语的快乐和满足。后来，我个子越长越高，坐在前面要挡住外公视线了，就改坐在自行车后座。一路上，我搂着外公的腰，叽叽喳喳地和外公聊天……都说女儿是父亲的小情人，载着我的外公，是否也幸福得要飞起来？

坐在外公的自行车上，我有两件最享受的事。一是如果路边有小山丘式的土堆或沙堆，外公就会特地往上骑，让我享受“过山车”的滋味。我最喜欢一个“山丘”连着一个“山丘”，随风飞翔。二是下雨天，外公披着墨绿色的厚重的大雨披，让我钻进雨披，躲在里面。我什么都看不见，只看见外公双脚用力蹬着自行车脚踏板，车轮飞速旋转着，溅起一片水花。这时，我们就会玩猜地名的游戏。外公考我：“现在到哪里了？”凭我对这条路的熟悉和直觉，基本都能猜个八九不离十。

外公喜欢一边骑车一边哼个小曲。他爱唱越剧，爱唱《在那桃花盛开的地方》《小白杨》等歌曲，我也跟着一起唱。清风徐来，我们一路上兴致勃勃地唱啊唱，真是无忧无虑。

不唱歌的时候，我喜欢让外公猜各种脑筋急转弯。外公的可爱之处在于，陪我玩的时候，总是和我一样投入。很多次，他猜不出脑筋急转弯答案，急得抓耳挠腮，开玩笑说："聪明脑袋不长毛，我头发本来就少，这样下去，不就更少了？"

我也会和外公聊班级里的各种新闻，比如学校里有什么比赛啦，要去哪里春游啦，有年轻老师来我们班实习啦……当然，如果同学之间闹矛盾了，或者遇到了什么不开心的事，我也会告诉外公。他总是耐心地听着，末了，就说："同学之间，要团结友爱。有缘在一起上学，多不容易啊。我们很多同学，到现在都在走动。同学就是同学，年纪越大，感情越好啊！"外公身上，永远有一种催人向上的正能量。

那些"在一起的时光"，无论是外公外婆和我，还是我和你们，其实，都不能用简单的时间单位来衡量。如果用爱陪伴，用心呵护，一分一秒，皆是永恒。反之，即使朝夕相处，或许在回忆里，也是一片空白。

孩子，我希望，当你们将来离开爸爸妈妈独自闯荡时，当你们回忆起和我们"在一起的时光"时，你们的脑海里，会有许多甜蜜的温暖的场景，比如热气腾腾的晚餐桌，比如大手牵着小手的散步，比如散发着太阳味道的被窝里的夜聊……

2016 年 10 月 23 日

做一个从容淡定的母亲

亲爱的欢乐：

某晚，正在刷牙的姐姐一脸慌张地跑过来，张大嘴巴，用手指指着牙龈。原来，可能刷牙用力过猛，牙龈出血了。我说：“唔，没事，用清水漱下口，血自然就会止住的。”姐姐点点头，放心地走了。

这让我想起了你们更小的时候。

还在蹒跚学步的年纪，小小的你们，在前面走，我慢慢地在后面跟。一不小心，你们脚一软，一屁股坐在地上，或者扑向前方，摔了一跤。我总是用习以为常的口气安慰你们说，没事，不怕，下次小心就好了。

我一直觉得，父母面对困难和问题的态度，会影响孩子对困难和问题的看法。做一个从容淡定的母亲，遇事不忙乱、不慌张，会让孩子更有安全感，也更有自信心。

在小区里散步，经常看到老人带孩子时，如果孩子不小心摔倒了，或被小树撞了，老人们往往会很紧张。爱孙心切的老人们，往往会着急、心疼地在孩子身上仔细检查一番，并一个劲地问："宝宝摔了哪里？撞了哪里？痛不痛？要不要紧？奶奶帮你揉。小树不乖，我们打它……"

我也曾留心观察过孩子的反应，或许原本只是一点点痛，但看到大人这么紧张慌乱，孩子或许也觉得这个事情相当严重，就委屈地哇哇大哭起来……

我不只决定自己要做个从容淡定的母亲，也和家里的老人们商量，让他们也从容、淡定，不娇宠孩子，不大惊小怪，让她们像小草一样野蛮生长、寂静开花。

从容、淡定，贯穿在日常生活中的点点滴滴。比如，你们上幼儿园后，放学回家，总会心急火燎地告诉我你们眼中的"大事"。姐姐说，星期一升国旗，每个小朋友都要轮流去国旗下讲话，我不会讲，怎么办呀？妹妹说，幼儿园要举办文艺晚会，老师让我们跳舞时穿黑色高领毛衣，我没有，怎么办呀？我总是用轻松平常的口气说："没事，国旗下讲话，有很多话题可以讲啊，我们待会讨论讨论。妹妹的衣服嘛，我帮你找找。如果没有，待会就去买一件。"

你们上小学后，考试成了家常便饭。我常常和你们说两句话，一句是"学习是你们自己的事，爸爸妈妈负责工作，你们负责学习"，另一句是"考试嘛，没什么大不了。你们只要把每次作业都当成考试，把每次考试都当成作业，就一定行"。

我一直觉得，不能让孩子的考试成绩左右我们的情绪。不论孩子考得好不好，我们都应该从容淡定。如果孩子考得好，就给她一个拥抱或大拇指，肯定她的努力和认真，鼓励她再接再厉；如果考得不好，就以“同一战壕中的战友”的立场帮她一起分析错误原因，搞懂每个知识点，提醒她下次注意。

我不赞成将考试成绩和奖惩挂钩的做法——如果考得好，奖励孩子什么什么，如果考得不好，就惩罚孩子什么什么……这样的奖惩，容易让孩子误解了考试的初衷和本意，越来越看重考试成绩本身，也越来越对考试产生焦虑和恐惧。因此，寒暑假里，我不会因为你们期末考试考得不好而取消了你们旅游的机会，因为这是两码事。当然，我会让你们把不懂的知识搞懂，查漏补缺，将漏洞消灭在萌芽状态。

如果母亲是从容淡定的，孩子也会渐渐成为从容淡定的人。随着你们逐渐长大，你们的性格中也多了一些从容和淡定。

比如，前几天，姐姐过 10 周岁生日，想邀请小伙伴一起吃披萨、看电影。我对姐姐说，写邀请函、送邀请函、接人、点菜、挑选影片等一连串事情，你要自己安排好哦。姐姐说没问题。于是，先写了一个邀请函的草稿，让我帮忙润色打印，第二天姐姐负责分发，并统计好参加的人数。生日当天，姐姐统计好小伙伴们分别在哪里接，然后让爸爸当车夫一一接上。看电影时，姐姐征求小伙伴们的意见，最后确定看《冰雪奇缘》。姐姐处理得有条不紊，小朋友们都很开心。

晚上洗漱时，姐姐对我说：“我觉得自己的事情自己做挺好的，尽量不麻烦爸爸妈妈。”看着一脸自信和阳光的姐姐，我想，小时候那个动不动就眼泪汪汪、爱哭鼻子、爱吃醋的姐姐，几时起，悄然不见了。

现在很流行说“有一颗强大的心”，其实也是指临危不惧、从容淡定。我愿做一个从容淡定的母亲，陪伴你们慢慢长大。

人生路上难免有风有浪，相信你们可以妥妥地告诉自己：“没事，办法总比困难多，我会搞定的。”

2016 年 10 月 26 日

长成属于你们自己的样子

亲爱的欢乐：

这几天，你们去外公外婆家了。早晨，外婆发来一张你们在窗前埋头写字的照片，说你们一早起来就忙着写作业，有几题不会的，正让老外公在一旁认真地做。隔天傍晚，外婆发来一张你们在厨房忙碌的照片，说你们正在帮忙洗菜、切菜，晚上家里有客人来吃饭。外婆还说，这几天，姐姐早上7点半起床，会去买肉包子给妹妹吃。“现在，姐姐很能照顾妹妹了，姐妹俩都挺乖，你放心吧。”

看到这些照片和文字，我的心情，其实是百感交集。先是欣慰，欣慰你们能自觉地安排好学习、劳动、娱乐，不用我操心了。再是惭愧，惭愧自己似乎从来没有认真地辅导过你们的暑假作业，你们不会做的题目，我也没有耐心帮忙解决，总是用“去外公家再做吧”来搪塞你们。然后是感慨，感慨你们似乎一夜之间长大了。不再是两个什么都不懂、喜怒哀乐都挂在脸上的小不点，而是善解人意的小大人了。

有人问以提问为生的杨澜：“你现在最好奇的事，是什么?”她想了想，说：“我好奇我的一对儿女，长大后会成为怎样的人。”我觉得，这也是我现在最好奇的事。

当你们很小的时候，我觉得父母对你们的影响很大。如今，我却觉得，你们，已经像两株在泥土里扎下根的小树苗，具备了光合作用的能力，能在阳光雨露中自主成长，渐渐长成属于你们自己的样子。

你们身上，已经有一些品质，是值得我学习的。比如，懂事。

你们上小学以来，放学后都直接到学校附近的托管班做作业。这么多年，几乎所有作业都是在托管班完成的。遇到不懂的题目，都是问托管班的老师的。因此，我这个妈妈，几乎没有认真教过你们什么。

有时候，周末的作业较多，来不及在托管班里做完，就在家里继续做。妹妹遇到不会做的题目来找我，我却总是让妹妹找姐姐帮忙。潜意识里，我总觉得，与其花时间辅导妹妹做作业，还不如多看几页书更自在。而且，这种简单的题目，姐姐也完全搞的定。姐姐很少找我帮忙，偶尔写作文时，会问问我怎么开头，怎么结尾，我也总是三言两语、点到为止。说真的，我不是一个有耐心的好妈妈。

有一天，我对姐姐说：“如果你有不懂的地方，一定要及时搞懂。否则就像衣服上的破洞，越来越大，补起来就麻烦了。”姐姐点点头说：“我知道，有不懂的地方，我都会问老师的。”我说：“如果来不及问老师，也可以回家问妈妈。”

没想到，姐姐说：“可是，你总是那么忙。有时，看你那么爱看书，我不忍心打扰你……”

那一刻，我不知该说什么好，只觉得无比内疚。原来，姐姐不是没有不懂的题目，只是不想打扰我，自己找老师搞懂了。

你们的懂事，常常让我觉得，你们对我的爱、关心和体贴，超过了我对你们的。正如此刻，你们不在我身边，我在心里默默想，等你们从新昌回来，我一定多花些时间，陪你们聊聊天，下下棋，打打牌，而不是为了自己有更多时间看书，就打发你们也看书……

孩子，我相信，懂事、善良、勤奋等品格，就像一个个生长密码，会帮助你们长成属于你们自己的样子。身为母亲，我能继续为你们做的，就是多一点陪伴，多一点欣赏，多一点鼓励，多一点祝福……

2016 年 10 月 29 日

我在原地，等你回来

亲爱的欢乐：

今天，我读了一位旅居国外多年的中国父亲，在女儿婚礼上送给女儿的一封信。他回忆了女儿从小到大的许多场景，比如女儿读幼儿园的那两年半，他每天接送女儿，一路上，他教女儿讲中文，背乘法口诀表……

当这位父亲讲述这一段段温暖的父女时光时，婚礼现场的每一个人，都被深深打动了。最后，这位父亲说："宝贝，无论何时你需要我，我都会在那里。"

我傻傻地想，很多年后，在你们的婚礼上，我会对你们说些什么呢？

喜欢孩子，似乎与生俱来。我从小就有一种"母性"。

还是五六岁爱哭鼻子的年纪，晚上睡觉，我总喜欢搂着一个红色的会睁眼闭眼的洋娃娃，自诩为她的妈妈。八九岁时，只要亲戚或邻居家里有小宝宝，我就三天两头往那里跑，因为喜欢抱宝宝。十五六岁时，看了美国电视连续剧《成长的烦恼》，特别羡慕剧中的四个儿女：狡黠帅气的大儿子迈克、大大咧咧的二女儿卡萝、天真憨厚的三儿子本尼、聪明可爱的小女儿克丽丝。十七八岁时读了余光中写给女儿们的《日不落家》《我的四个假想敌》等美文，对他家的四个女儿——珊珊、幼珊、佩珊、季珊（简直可以排成一条珊瑚礁）印象深刻。父母去上班时，我"宅"在家里，看书写字，心想，独生子女难免孤独寂寞，希望我将来的儿女们可以热热闹闹地长大！

大学快毕业时，在寝室里卧谈，聊毕业多年后再相聚，大家会是怎样的状态。室友们一致认为："阿吕一定会生一个足球队吧。"因为，朝夕相处四年，我总是开玩笑说，如果法律允许，我一定生两个孩子，一个孩子太孤单。

2003 年，到报社工作。有一天，负责民生版面的编辑收到一封读者来信，咨询生二胎方面的政策。编辑让我去市计生委采访了解下。计生委同志拿出《中华人民共和国人口与计划生育法》，指着其中某页说，要生育二胎，需符合下列情况，我看到了"双方都是独生子女的，可以生二胎"。那是我第一次知道，原来计划生育政策一直允许双独家庭生二胎。也就是说，如果我将来的老公也是独生子女，我就可以名正言顺地生两个孩子了。

后来，恋爱了。这样一幅画面——周末，男主人开车，女主人拥着两个小猪般可爱的孩子坐在后排，华丽丽地全家出游——就像一根魔法棒，吸引我迫不及待为人妻、为人母。

2006年，姐姐闪亮登场。2009年，妹妹也翻着筋斗云驾到。我们成了名副其实的“四口之家”。

2013年，国家放开了“单独二胎”政策。2015年，国家全面放开了二孩政策。生，还是不生，成了一个社会广泛关注、热烈讨论的话题。大家说，生有生的苦恼，不生又有不生的不甘，很纠结。

于我而言，在养育两个孩子的过程中，我看到了一种美好的亲子关系——陪伴、分享和爱。

在爱的世界里，没有值不值得，只有愿不愿意。一直觉得，父母能给孩子的最好礼物，不是物质，而是给他/她一个伴，一个可以陪伴他/她从小到老的伴。

我喜欢龙应台写的《共老》。她用深邃、忧伤、美丽的笔触写出了兄弟姐妹的手足之情。她说：“所谓兄弟，就是家常日子平淡过，各自有各自的工作和生活、各自做各自的抉择和承受。然而，又不那么简单。因为，和这个世界上所有其他的人都不一样，我们从彼此的容颜里看得见当初。”是啊，父母终将老去并先走一步，而兄弟姐妹会陪伴彼此一生。

除了陪伴，还有分享。其实，独生子女容易自私，并不能完全怪独生子女本身。因为，不是他/她不想分享，而是缺少分享的对象。家里所有长辈都围着孩子转，好吃的、好玩的都一股脑儿给了孩子，孩子和谁去分享呢？

然而，对于两个孩子来说，分享是时时刻刻都会发生的事。我记得，姐姐上幼儿园后，常常会把幼儿园的小点心带回家给妹妹，有时是几片饼干，有时是一包牛奶，有时是一个橘子。姐姐上小学后，也常常把托管班里发的点心省下来给妹妹。妹妹呢，总是屁颠屁颠地跟在姐姐身边，姐姐长，姐姐短。有时带妹妹逛街买衣服，妹妹总不忘提醒我，记得也给姐姐买哦。

如今，带你们逛超市，你们会很默契地商量，买不同的零食，回家后互相分享。做作业时，你缺一块橡皮，我少一支铅笔时，就会互相救急。当分享成为一种习惯时，人生格局自然就打开了，人生之路也会走得越来越宽。

除了陪伴和分享，两个孩子一起成长，还有一个很大的好处，那就是——练习爱的能力。一个孩子垄断了长辈们所有的爱，他/她习惯了接受爱，而很少有机会去爱别人。而两个孩子是平等的，他们需要互相关心，互相照顾，在互爱中成长。

科学始终无法解释两样东西，一是爱，二是美，它们跟物质性的东西不同。物质会越分越少，而爱和美，则越分越多。爱是一种能力，越去爱别人，爱的能力就越强。反之，就会削弱甚至丧失。这种爱的能力，需要从小练习。

有朋友说原本想生二胎，但老大反对，怕父母对他的爱会因为老二的到来而减少。我就打比方说，爱，不是苹果，分分就没了，而是空气，无穷无尽，绵延不绝。每个孩子都是父母的心头肉，每一个都会享受到父母全部的爱。

父母对儿女的爱，发自肺腑，情不自禁。刘墉为女儿刘帆写了一篇《爹地的小女儿》，结尾处，写到西方的婚礼上，新郎放下新娘的手，新娘走到中央，老父缓步走向自己的女儿，拥抱、起舞。宾客一起轻轻地唱《爹地的小女儿》：“你是爸爸的小小可爱的女儿，拥有你，搂着你，你是爹地永远的小小女儿……”刘墉说，当音乐声起，女儿握住他的手，他的老泪，就会像断线珠子般滚下……

父母对儿女的爱，再深情，再浓烈，也终有放手的一天。妈妈不怕时光都去哪儿了，妈妈相信，时光她摇啊摇，你们会从仰面伸手、依依求抱的娃娃长成亭亭玉立、神采飞扬的少女。这时，我会温柔地对你们说：“孩子，你们放心地飞吧。我们会在原地，等你们回来。”

2016 年 11 月 14 日

妈妈住进了我们心里[1]

丁甚乐

我一直欠妈妈一篇作文。

有一天，妈妈开车带我们出去玩。她问我和妹妹："你们觉得妈妈怎么样?"我想了想说："妈妈，你有两个特点：善解人意、说话算数。"妹妹是个小跟屁虫，也说："我也是这样想的。"妈妈哈哈大笑说："能具体描述一下吗?"我最怕妈妈这一招了，她是记者，总有许多问题会冒出来，只好说："妈妈，你专心开车，等我有空了，写下来给你看。"妈妈这才罢休。

结果呢，已经过去半年了，我却一直拖着没写。妈妈偶尔想起，就会问我："话说你欠我的那篇作文呢?"我撒娇说："哎呀，最近作业好多，没有时间写唉!"妈妈只好讪讪作罢。

最近，妈妈说要写一本书名是《我的心里住着一个孩子》

---

① 这是我的大女儿丁甚乐的作文。

的书。我就跑去问妈妈：“为什么只有一个孩子呢？应该改成两个孩子吧？”妈妈哈哈大笑，说：“我的心里住着一个孩子，这个孩子不是指你和妹妹，而是指妈妈还有一颗童心，还有对生活的热情和向往。”

好吧，我有点懂了。我忽然有了灵感，决定写一篇《妈妈住进了我们心里》送给妈妈。我知道，妈妈嘴上不说，其实很想知道我会怎么写她。今天，我就挤出一点宝贵时间，写写我的妈妈。

首先，我觉得妈妈是个很容易满足的人。比如，在奶奶家吃晚饭，爸爸总是挑三拣四，而妈妈呢，总说好吃好吃，还特别爱喝汤。如果妈妈不回家吃饭，奶奶烧的汤就会剩下很多，浪费很多。如果妈妈在，一定把汤喝得干干净净。晚上，我和妹妹在房间里做作业，妈妈在客厅看书。我去客厅时，妈妈一脸满足地说：“一边泡脚，一边看书，真好啊。”

我读小学四年级后，语文考试越来越难了。有一次单元测试，才考了88分。我和妈妈说了成绩，她说：“唔，是粗心呢？还是不懂？要不要我教你啊？做错的题目一定要搞懂哦！”接下去的单元测试，我考了93分，妈妈说：“进步很大嘛，不错不错！”并给了我一个大拇指。

其次嘛，我觉得妈妈对我和妹妹很放心。我们的书包、铅笔盒、红领巾、校徽，妈妈从来不帮忙整理。她总是拍拍我们肩膀说：“这些小事，妈妈相信你们一定会自己搞定的。”然后，就自己走开了。我偶尔忘记过几次，妈妈也从来不帮我送。

我和妹妹只好自己记得牢牢的，明天该带的东西，今晚睡前都放在门口。

更夸张的是，去年暑假，妈妈让我报名参加舟山海洋之旅夏令营。我去了后才发现，我是年龄最小的，很多都是五六年级的哥哥姐姐。晚上，我们四个小朋友住一间宿舍，她们的妈妈都打电话过来问：吃得好不好呀？住得好不好呀？妈妈却没来电话。第二天，第三天，一直没来电话。我有点想她了，就打电话给妈妈，妈妈说："开心吧？好好玩吧！"夏令营结束后回家，我把自己亲手做的大虾标本送给了妈妈，妈妈开心地给了我一个大大的拥抱。我问："妈妈，你不给我打电话，不想我吗？"妈妈说："当然想你啦，不过，有辅导员老师在，妈妈放心。"

最后嘛，我觉得妈妈有时比我和妹妹还臭美。每次出去旅游，收拾行李箱时，妈妈都会为带哪些衣服而烦恼，试试这件，又试试那件，问我们哪件好看。我和妹妹只好说，都好看。妈妈还是"围巾控"，要带很多围巾，说拍照时要用。去年国庆节，我们一家人去长沙。在橘子洲头骑自行车时，风大，有点冷。妈妈从包里拿出很多围巾，给我和妹妹围上，好及时呀！

妈妈还常常一边做面膜，一边对我和妹妹说："我要好好保养，争取等你们上大学时，别人还以为我们是三姐妹呢！"看着妈妈一脸陶醉的样子，我和妹妹都无语了。

这就是我的妈妈，会陪我们一起看《中国好声音》《奔跑吧兄弟》的妈妈，会变着法子带我们到处去玩的妈妈，会总是夸我们、给我们大拇指的妈妈。可惜的是，我妈妈不像别的妈妈那样擅长烧菜、烘焙、手工……不过，我和妹妹一致觉得，对妈妈要求不能太高，这样也就差不多了吧！

2016 年 11 月 16 日

后记：妙在似与不似之间

陆陆续续写完了给欢乐的50封信。即将集结成册时，忽然有了一种不舍。

写信的日子里，总有千言万语涌上心头，想要倾诉。也总有一些往事感动自己，想要分享……于是，有了诸多不舍。

有好友问我，看你写了这么多信，能否简单概括一下，怎样的父母，才算是好父母？

我忽然想到了齐白石大师的一句名言："好画妙在似与不似之间，太似媚俗，太不似欺人。"

好父母，似乎也妙在似与不似之间——既像父母又不像父母。像父母，是要在心中明白，身为父母，自己的一言一行，孩子都看在眼里，记在心里；不像父母，是要提醒自己，和孩子在一起，不要"端"着架子，而要放下身段，放平视角，和孩子一起成长。

我心目中的好父母，有很多种，他们都有一个共同特点——给孩子善意的、平等的爱。

比如，祖祖辈辈生活在农村、省吃俭用供儿女上学的父母。他们一辈子面朝黄土背朝天，因为没有受教育的机会，大多没有文化。但他们用自己的勤劳、善良、朴实，让孩子从小就懂得，父母不易，生活不易，一切都要靠自己。唯有好好读书，才能改变命运，才能报答父母的养育之恩，让父母过上更好的生活……这样的父母，无疑是好父母。

比如，电视剧《成长的烦恼》中那对善解人意的父母。有一次，大儿子麦克拒绝去学习跳舞。爸爸看出儿子是害怕被喜欢的女生看不起，就幽默地说："你反过来想这件事，通过跳舞你可以和她手拉手，脸贴脸。你如果掌握这个诀窍，你会让她融化，你就学会了魅力。"他们懂得孩子心理，善于和孩子沟通，用四两拨千斤的技巧化解孩子的烦恼……这样的父母，无疑是好父母。

比如，余光中、刘墉、龙应台、张晓风、杨澜……他们，都不是虎爸虎妈，而是春风化雨，润物无声的慈父慈母。从他们的字里行间，可以看出他们在培养孩子健全的人格、健康的性格、理性的思考能力上，花了很多心思。他们该放的放，该抓的抓，在收放自如间赢得了孩子的尊重和爱戴……这样的父母，无疑是好父母。

当然，还有我的父母。在那个物质清贫的年代，父母用他们的爱，给了我一个有滋有味的童年和青少年。认真、努力、自信、乐观，是父母从小就教给我的让我受益终身的礼物。

某晚，我和欢乐闲聊。我问："你们觉得妈妈怎么样？"没想到，她俩异口同声地说："你好像不太像个妈妈呢！"我暗喜，自认这是女儿们给我的最高评价。

爱之道无他：用对的方法，爱对的人。

期待下一个十年，与女儿们的青春期相遇。也期待下一个十年，能再为她们写一本家书。

2016 年 11 月 20 日